Los siete días

Los siete días

Rafael II

www.librosenred.com

Dirección General: Marcelo Perazolo
Diseño de cubierta: Laura Gissi

Primera edición en español - Impresión bajo demanda

© LibrosEnRed, 2020
Una marca registrada de Amertown International S.A.

ISBN: 978-1-62915-456-5

Para encargar más copias de este libro o conocer otros libros de esta colección visite www.librosenred.com

Los siete días

La vida surrealista de Martín Cortés, hijo de la Malinche y de Hernán Cortés, el conquistador, cuatrocientos cuarenta y cuatro años después. La historia de lo que pudo haber sido y no fue, pero que al final sí fue.

Por

Rafael II

Hola. Estoy aquí sentado, un poco nervioso y muy emocionado por escribir este libro, mi primer libro. Hace mucho tiempo que quería hacerlo, pero no había llegado la hora. Esta noche de mayo, esta primavera de 2012, me ha llegado la orden, y aquí estoy, pensando qué historias podría contar, qué iba a escribir yo, e inmediatamente se me viene a la cabeza la historia de la vida de Martín Cortés. ¿Qué otra historia podría contar yo ahora, sino esta? Para mí, dar vida a Martín Cortés es la más grande de las causalidades, y por qué no decirlo, un premio en mi existencia. Todo encaja perfectamente: el hecho de haberme encontrado con Martín como si me hubiese estado esperando, los acontecimientos históricos pasados y presentes, el caos mundial, el personaje de Martín, que pide justicia, y yo, el escritor, con ganas de inventar. ¡Qué gran casualidad! Estoy feliz. He llegado a querer a Martín como si fuese mi hijo. Nunca imaginé que terminaría pintándolo y haciendo esculturas de él, y ahora, dándole vida con la historia que les contaré a continuación.

Prólogo

Era el año de 1519. El valle del Anáhuac, de una belleza sin igual, se mostraba majestuoso. Tenochtitlán era en ese tiempo la cuidad más importante y hermosa de América, por su arquitectura, su geografía, sus volcanes y el ingenio con que ha sido construida, en medio de un lago. Después de un encuentro divino, el de un águila devorando a una serpiente, un mandato de los dioses, como presagio de lo que vendría después, se construyó la capital azteca, donde grandes artistas, arquitectos, escultores, pintores, poetas, músicos, filósofos, astrónomos, cocineros, modistos, decoradores y artesanos cimentaron esta maravilla del mundo. Emperadores de oro con alma de guerreros. Sueños y pesadillas que en las noches se apoderaban de sus mentes y de sus corazones, todos los habitantes del imperio estaban atrapados en el tiempo, el tiempo azteca ajeno a todo en el mundo. Una vida de creencias arraigadas y terribles que algún día se cumplirían inevitablemente y en las que preferían mejor no pensar. Todos los habitantes de la época prehispánica mexicana en realidad vivían en un autoengaño que disfrutaban y con el que se regocijaban como si fuese un gran banquete. Ese autoengaño se convertiría con el tiempo en una pieza clave del estilo de vida y supervivencia del pueblo mexicano para siempre en la gran mayoría de sus habitantes. Un día, sin que nadie lo sospechara, las cosas estaban por cambiar en el mundo entero. La casualidad y la curiosidad nunca antes habían tenido más sentido para el hombre como en esas fechas. Su afán de saberlo todo, de llegar a todos lados, de conquistarlo todo generaría sorpresa por lo inimaginable, el horror y la belleza, la riqueza y la pobreza, el deseo y la decepción, lo destruido y lo construido, el amor y la traición. Todo esto marcó a los nativos americanos y a los españoles con una huella imborrable después de la conquista, una huella dolorosa en algunos momentos y alegre en otros. Como una realidad incomprendida, inaceptable e incómoda para la inmensa mayoría de ellos hasta la fecha.

Era un día nublado en Tenochtitlán, cuando temprano por la mañana, un mensajero cruzó corriendo el imperio azteca. En ese momento el emperador Moctezuma II se encontraba tomando un baño, de esos que tanto le gustaban y disfrutaba. Súbitamente el mensajero llegó hasta donde se encontraba el monarca, al cual le habían dejado ver en persona. Llegó deprisa para darle las buenas nuevas, que de buenas no tenían nada.

—Mi señor, buenos días, perdone que lo moleste, le traigo una noticia de la que se tiene usted que enterar.

Moctezuma lo miró de arriba abajo admirando su belleza, su juventud, orgulloso de su raza, sin sospechar que esos guerreros ejemplares no durarían mucho tiempo con vida, toda esa belleza azteca moriría después, dejando un vacío que el pueblo mexica nunca jamás podría recuperar, se perdería así casi toda la galanura de estas tierras para siempre.

—¿Qué pasa? —dijo Moctezuma, sumergido en una bañera gigante llena casualmente de flores cempasúchil, la flor de los muertos—. ¿Qué es tan importante para interrumpir mi baño?

—Mi señor, el día de ayer llegaron de Oriente, de las playas mayas, tres canoas muy grandes, ¡tenían alas!, ¡eran gigantescas! Después de llegar a tierra, bajaron de ellas varios hombres que destellaban, tenían dos cabezas e iban montados en una espacie de venados gigantes sin cuernos. Caminaron despacio por la arena destellando una especie de encanto y de temor que maravilló a todos. Llevaban sus rostros cubiertos de vello, los cuerpos erguidos, y con su gallardía enmudecieron a todos. En sus manos llevaban una especie de lanzas de plata, que por un momento explotaron, en medio del humo y destellos divinos, de sus labios salieron sonidos como cantos, como poesía del cielo, y finalmente hubo un contacto entre mayas y seres del mar. Después las manos hablaron, intercambiaron objetos que también brillaban, uno de ellos los que de la mar les daban, sus caras se reflejaban los nativos se quedaron sin palabras al ver su cara reflejada en un espejo por primera vez. Mientras las manos seguían hablando, caminaron hermanados, luego degustaron viandas y bebidas seguidas de sonrisas y miradas cómplices escondidas. Así pasaron las horas, hasta que se hizo de noche, el fuego por horas los relajó, rieron, comieron, bebieron y cantaron hasta más no poder, y finalmente el cansancio llegó, y el sueño los dejó dormidos a todos. ¡Al día siguiente la gente aún no lo puede creer! Todos siguen sorprendidos, algunos muy asustados; sin embargo, los mayas los han tratado amablemente, parece que ahora son amigos, ¡aliados! Por momentos pareciera que estuvieran planeando algo, algo muy malo. He podido sentirlo en el aire. Eso es lo que ha pasado ayer, mi señor.

Moctezuma, sin decir una palabra, asombrado, se quedó pensativo por un momento. A continuación se sumergió en el agua y salió de ella un par de segundos después, como si de alguna manera quisiera volver a nacer otra vez, regresar el tiempo atrás.

—Muy bien —le dijo al mensajero—, ahora quiero ver a todo mi séquito cuanto antes. Que vengan ya.

—Sí, señor, ahora mismo.

Pasaron apenas unos segundos, y todo su séquito llegó a verlo.

—Ya estarán enterados de lo que ha pasado —les dijo Moctezuma.

—Sí, señor —le contestaron—. Estamos enterados de todo. ¿Qué piensa hacer usted? ¿Qué hacemos? ¿Quiénes son estos seres que brillan?, ¿de dónde han venido? Uno de ellos al parecer es el más importante ya que todos se dirigen a él como nosotros a usted, lo llaman Hernán, don Hernán Cortés.

Todos callaron. En ese momento un rayo cayó del cielo y partió el silencio en dos, Moctezuma abrió los ojos muy grandes, por un instante parecía que estaba hipnotizado, el agua que se escurría por su cabeza y que atravesaba sus ojos disimulaba las lágrimas que derramaba por la tristeza contenida. El emperador por un instante se desintegró por dentro, por causa de sus sentimientos, pero luego se incorporó con orgullo y les dijo:

—Preparen las mejores joyas que hay y un traje de Tláloc con los plumajes más hermosos que se han reservado para mis mejores ocasiones, pongan en una vasija unos collares, unas figuras de oro y algunas piedras preciosas.

Este sería el primer error que Moctezuma cometería sin saber, nunca imaginaría lo que estas ofrendas llevarían consigo, pues al ver Hernán Cortés el oro en sus manos, su destino estaría sellado.

—Llévenselos a don Hernán cuanto antes de mi parte y díganle quién soy yo. Este es el momento que tanto hemos esperado, finalmente Quetzalcóatl ha regresado a nosotros, y esta es su bienvenida, quiero lo mejor para él.

—Está bien, señor. Inmediatamente haremos lo que nos dices —y se retiraron.

Para ese entonces el pueblo mexica ya estaba condenado. Sus vidas darían un giro inimaginable. Todo lo que sucedería, todo lo que iban a sufrir y todo lo que estaban por construir cambiaría el mundo para siempre. Se podría decir que en realidad era el principio de la globalización. Con los años, el mundo entero estaría conectado, toda la creación del Señor que aún no se conocía en el Viejo Mundo y las demás tierras lejanas lentamente se empezarían a conocer. Frutos, semillas, especies animales, humanos, amores y enfermedades viajaron por el mundo. Debido al descubrimiento de América y a la colonización, existió la consolidación de las razas en la Tierra, con los años quedaron cimentados todos los países del mundo. Finalmente la Tierra quedaría completa. Aunque siglos después, el hombre cambiaría un poco las cosas en cuestiones territoriales, esta fue la de mayor importancia en el mundo. Un tiempo después, en el año de 1523, ya todo había cambiado. Las lágrimas derramadas por los aztecas, por los españoles y por otros se evaporaron para regresar a la Tierra y con el tiempo darle vida a una historia única en el mundo: la vida surrealista de Martín Cortés, el hijo primogénito de Hernán Cortés y doña Marina, la Malinche.

Años más tarde, la capital azteca recién conquistada despertaba una mañana de abril, se podían ver las pirámides ya desmanteladas. En su lugar, ya se observaba la que sería la catedral de México, que ocupaba lo que algún día fuera el templo de Quetzalcóatl, después de una guerra en la que los protagonistas sin pensarlo le dieron vida a una historia que con el tiempo se convertiría en una historia de amor y de odio, una historia americana de pasiones y de traiciones, de artes nuevas, en la que se fusionaban finalmente todas las culturas en una tierra maravillosa, el Nuevo Mundo. Los mexicas y los españoles juntos empezaban a construir una nueva nación, en un ambiente de desigualdad y de crueldad, así se forjó el pueblo de México. A pesar de las grandes diferencias entre ambas culturas, las historias de amor entre los dos pueblos tuvieron lugar inevitablemente. La más importante ha sido la de Hernán Cortés y la Malinche. Quién sabe en qué momento se encontraron los dos personajes, debió haber sido algo especial. Imaginemos el momento en que Hernán Cortés vio a la Malinche por primera vez, una mujer de la nobleza mexica, guapa, culta e inteligente, no pasarían muchos días para que Hernán Cortés se enamorara de ella. Por otro lado, la Malinche seguramente al ver por primera vez a Hernán Cortés con su armadura, barbado y a caballo, se enamoró de él, y más al notar que era correspondida. ¡Qué romance pudo haber sido este en medio de una guerra!, una historia de amor, la semilla del Nuevo Mundo, la nueva España, México. Imaginemos los primeros días de este romance, cómo fueron poco a poco enamorándose el uno del otro, de sus ideas, de sus placeres, hasta que un día decidieron unir sus vidas. Así, sin pensarlo, le dieron vida a la historia mexicana.

Tal vez en algún momento, ya los dos en casa en su día a día, se organizaban, como hacen todas las parejas. Una mañana, ya entrado el mediodía, la Malinche se disponía a cocinar algo, se acercaba la hora de comer, y decidió hacer la comida, cantando pegada al fuego y a sus cacerolas de barro, tratando de hacer algo para su amor, de que todo fuera de su agrado. En ese momento Hernán llegó a casa, atraído por los olores que salían de la cocina. Al entrar pudo ver a la Malinche, que se esmeraba preparando la comida, y le preguntó.

—¿Qué es lo que estáis haciendo, amor mío? ¡Huele muy rico!

—Amor, estoy tratando de inventar algo —respondió la Malinche—, espero que te guste.

—Traje un poco de cerdo, ¿por qué no lo cocinas también?

—¡Mmmmm, cerdo!, ¡qué bien!, ¡me gusta mucho!, ¡dádmelo! —dijo la Malinche.

Él le dio el trozo de carne a la vez que acariciaba sus manos y la miraba con dulzura. A continuación, ella empezó a sazonarlo, con la carne entre sus manos, empezó a frotarlas de una manera cariñosa mientras las impregnaba de todos los ingredientes que ya tenía en la cacerola a punto de ir al fuego. Ella era una estupenda cocinera, sabía que esa era la clave para que todo quedara más que bien, una táctica amorosa para ganarse el corazón de las personas, parecía que de esta manera mágicamente todo su amor quedaba depositado en los alimentos. En ese momento Hernán le comentó:

—También he traído un poco de pimienta; ponle sin temor.

—¿Pimienta? —exclamó la Malinche—. ¿Qué es eso? ¡Quiero verla! Dádmela.

Él le dio la especia.

—¡Qué curiosas son!—dijo ella—, ¿a qué saben? ¡Y las incorporo al guisado! Ya está, a ver cómo queda… ¿Habéis traído algo más?

—Sí —dijo Hernán—, ¡mirad!

Y de sus ropajes sacó una pequeña bolsita que contenía flores de Jamaica, se las mostró.

—¿Qué son? —preguntó ella mientras las tomaba con sus manos.

—Son flores de Jamaica, con esto vamos a preparar un agua fresca para beber mientras comemos.

—¿Y a qué saben? —dijo ella.

—Son muy ricas, serás la primera mujer en probarlas en toda América, las he traído conmigo de España. Recién acabo de conocerlas yo también, y me han gustado mucho, quiero compartirlas contigo.

—Muchas gracias, Hernán, te amo. ¿Y cómo las preparo?

—Mira —contestó Hernán—, en una olla no muy grande, ¡en esa que está ahí! Pon agua a hervir y agrega las flores, déjalas cocer unos minutos y apártalas del fuego para que se enfríen. Luego hay que colarlas y fijarse de qué color ha quedado el agua; si quedó concentrada, hay que agregarle más agua, hasta que quede de un tono ligeramente transparente, como un té.

—¿Un té? ¿Y qué es eso? —dijo la Malinche.

—Una infusión —respondió él.

—¡Ah, ya!

—Tiene que quedar transparente, de lo contrario sabrá muy amarga. Después hay que agregarle azúcar, no mucha, y ya quedó lista.

—Déjame terminar de hacer la comida y la preparamos juntos.

—Claro —contestó Hernán—. Te quiero decir también que la pimienta le dará un toque especial y picante a la comida, te gustará mucho.

—¿Picante? —observó la Malinche—, ¿así que ya te estáis acostumbrando al picante? ¡Pues mirad!: picantes son los chiles que tengo aquí —y le enseñó unos chiles verdes—. Vais a ver lo que es picante —y agregó los chiles al guisado.

—¡Esperad! —dijo Hernán—, ¡no le pongáis mucho, por favor! —y se quedó ahí mirando cómo la Malinche agregaba los chiles verdes.

El humo y los olores que subían por las paredes lo envolvían todo, dejando entrever la silueta de la Malinche, mientras Hernán pensaba para él: "Yo quiero un hijo de esta mujer". En eso, la Malinche sacó unos jitomates que estaban en un canasto y decidió incorporarlos al guisado.

—¡Mirad, Hernán! También le vamos a agregar unos jitomates, ya los conocéis, ¿verdad?

—¡Sí, claro! —contestó Hernán—, ¡me gustan mucho!

Ella los cortó cuidadosamente y los incorporó. Hernán le comentó:

—¿No serán ya muchas cosas las que habéis agregado al guisado?

—No —contestó la Malinche—, precisamente de eso se trata, ¡de que quede muy rico! Con lo que yo ya tengo aquí y con lo que tú me habéis traído, seguramente haremos algo estupendo.

Dijo esto mientras lo miraba con ojos enamorados. Luego agregó:

—Os tengo una sorpresa: mirad lo que he conseguido.

—¿Qué es? —preguntó Hernán.

Y de otro canasto, la Malinche tomó un par de aguacates que le habían traído por la mañana y se los enseñó.

—¿Qué son? No los conocía, ¡dejadme verlos! —dice él mientras los miraba intrigado—. ¿Cómo se llaman?

—Son aguacates —contestó ella—. ¡Son muy ricos!, me los han mandado los purépechas, unos vecinos que tenemos no muy lejos de aquí, de Tenochtitlán, y con los que me llevo muy bien. Te voy a preparar un guacamole, estoy segura de que te encantará, ¡ya lo veréis!

Y así fue. Picó un poco de cilantro, un poco de cebolla finita, un poco de jitomate y un chilito verde, y fue incorporando sal y un poco de limón de a poquito para no pasarse y echar a perder la preparación. Finalmente lo incorporó todo, y quedó listo; lo probó y comentó:

—¡Mmm!, ¡qué rico me ha quedado! ¡Perfecto!

Hernán no dejaba de mirarla mientras ella cocinaba, le dijo:

—Pues dadme a probar, ¡quiero saber a qué sabe!

La Malinche tomó un poco con una cucharita, dio media vuelta, y se acercó a él moviendo la cuchara en círculos hasta llevarla a sus labios:

—A ver, abrid la boquita, ¡¡a ver, a ver!!, ¡¡abrid esa boquita!!

Hernán, como un niño, como si quisiera darle un beso a la cuchara, lo probó y exclamó:

—¡Exquisito! ¿Por qué no me lo habéis dado para probar antes? ¡Qué extraños sois vosotros conmigo a veces!, como si yo les hubiese hecho algo, ¡si yo he sido tan bueno!

—Sí, claro —dijo la Malinche.

—¿Qué? ¿Y el hospital que les pienso construir y que te dije se llamaría Hospital de Jesús no es nada? —dijo Hernán un tanto molesto.

—Bueno, tranquilo —le dijo la Malinche—, eres bien bueno, ¡ya!, ¡eres bien bueno!

—Gracias, lo sé —contestó Hernán—. Tú también estás bien buena, ¡perdona!: eres bien buena.

Por momentos las palabras de Hernán dejaban ver al gran conquistador que era, no nada más de tierras sino de mujeres. Pasaron unos segundos.

—¡Bien! —dijo Hernán—, ¡a comer!, que ya tengo mucha hambre.

—Esperad, que no he terminado —contestó ella—. ¡Falta preparar el agua! ¡Y también espera a que se cocine la comida, hombre!

—Está bien —contestó él—, perdona.

Ella se dispuso a hacer el agua de Jamaica, tal y como le había dicho él unos minutos antes. Entonces Hernán comentó:

—¿Qué va a haber de postre?

—¡Ah, el postre! Me han traído un dulce de cacao que es toda una delicia.

—¡Mmmmm, cacao! —exclamó Hernán—. Si tuviera que escoger entre el cacao y el oro, no sé con cuál me quedaría.

—Yo sí sé con cuál —dijo la Malinche, mientras Hernán miraba hacia el techo como buscando algo.

Finalmente la comida estuvo lista, se sentaron a la mesa. No faltaron las tortillas de maíz a las que Hernán ya estaba acostumbrado desde que había llegado. Comieron mirándose enamorados a los ojos, haciendo el amor sin tocarse, y al terminar comentaron lo rico que había quedado todo.

—Gracias, amor mío, cada vez te quiero más —dijo Hernán creyendo que ya lo habían probado todo, sin saber lo que se perderían y que nunca llegarían a probar: el exquisito y exótico mole poblano, que surgiría años más tarde.

Después de comer, Hernán la invitó a dar un paseo en canoa por los canales. Vivían en lugar privilegiado a donde podían llegar a caballo, en carroza o canoa. Salir a dar la vuelta no era ningún problema: en unos minutos ya estaban paseando por los canales que aún quedaban, todos podían verlos.

Seguramente eran el ejemplo por seguir, todos querían ser como ellos, eran muy populares, la pareja del momento. A todo esto, de alguna manera los españoles también querían sentirse integrados y con éxito, seguramente muchos lo lograron ya que después de un tiempo decidieron irse a vivir a México con toda su familia y quedarse para siempre. De esta manera, empezaba a construirse el Nuevo Mundo.

Mientras Hernán y la Malinche dan su paseo, yo me quedo pensando, imaginando el momento en que el pueblo mexica empezó a probar todos los alimentos traídos por los españoles, el enamoramiento por todos los sentidos debe haber sido inevitable. Imaginemos a los indígenas al ver las primeras construcciones europeas, la arquitectura colonial que seguramente los fascinó por su modernidad, al grado de olvidarse con el tiempo de las suyas, tratando con su esfuerzo de tener una así algún día. Y no se diga la música, lo que pudo haber sido escuchar por primera vez un clave sin el violín y la flauta, y toda la música barroca tan elegante y sofisticada, habrán quedado maravillados, y todos esos utensilios europeos jamás vistos por ellos, y bueno, la guapura europea. Todo eso enamoró a los nativos americanos, aunque con un poco de recelo, miedo y enojo fueron cambiando sus costumbres y sus hábitos, hasta que un día apareció la Virgen de Guadalupe y los encandiló definitivamente a todos, conquistando sus corazones.

También cabe mencionar el enamoramiento de los conquistadores por estas tierras, ya lo cuenta Bernal Díaz del Castillo. Cuando llegaron y vieron por primera vez la capital de Tenochtitlán, quedaron impresionados por su belleza. Debió haber sido impactante, sobre todo por su oro, del que quedaron profundamente enamorados. ¡Qué tristemente se empobreció a México por su ausencia! Los conquistadores sentían que todos esos tesoros eran ya de ellos, que les pertenecían, y así los arrebataron a sus verdaderos dueños, se los robaron, como parte del autoengaño de las conquistas, en las que ya todo es mío porque me lo merezco o porque me da la gana y también puedo pisotearte humillarte y hasta matarte, y no pasa nada. Los españoles no daban las mismas oportunidades que ellos tenían, seguramente todos los mexicas querían tener en sus casas un caballo, o una carroza, si se podía llamar así a sus jacalitos. Les hubiera encantado salir a pasear como ellos lo hacían. De esta manera empezó la lucha por el poder. Desgraciadamente para los indígenas, que estaban un poco desarmados en muchos sentidos, no ha sido fácil subir peldaños, muy por el contrario, han sido víctimas de estas diferencias, han sido esclavizados y sometidos para trabajar como burros y hasta caer como changos viejos. Si al menos tuvieran algún salario, un pago por su trabajo…, pues ni eso, los españoles en su autoengaño no se tocaron el corazón, y aun reconociendo su gran cultura y su poderío, seguían sin aceptarlos, ya que en algunas partes llegaron a verlos muy primitivos, al grado de pensar que no eran humanos. ¡Qué ignorancia y qué crueldad!, tan civilizados y católicos, pero ciegos en sus corazones y sus mentes, cegados por la avaricia y la prepotencia. Como si de esta manera se llegara al cielo. También, más que nada, estaban sorprendidos por sus rituales, en los que sacaban corazones por miles, esos ríos de sangre los impactaron. Hay que comentar que los conquistadores no se asustaban fácilmente, después de todo la Inquisición ya se había encargado de inventar decenas de artilugios para atormentar al hombre, al grado de que ya podían organizar concursos de crueldad para ver quién inventaba el artilugio más tormentoso del año. Tal vez lo que les parecía terrible era el mal gusto de andar sacando corazones. En fin, aprovechando esta situación, desahogaron toda su ira confundida, todos sus problemas personales, para responder a sus intereses, a lo que ellos llamaban "empresas", menuda sinvergüenzada. Generalmente los españoles eran muy elegantes en sus palabras, en sus diálogos, incluso había poesía en sus palabras, pero no en sus actos ni en sus decisiones, frías como el hielo. Así confundieron al pueblo mexica haciéndole creer que eran inferiores por no ser tan avanzados, modernos y guapos, al grado de tratar mejor a sus caballos. Bueno, después, seguramente con el tiempo se habrán quedado muy sorprendidos al ver que no todo era así, que no todo era tan terrible ni tan feo, poco a poco se fueron enamorando ellos también de su cultura y al final de sus habitantes, después de un tiempo supieron interpretar las bellezas de estas tierras y de otros pueblos, reconociendo la guapura mexica, tanto de hombres como de mujeres, tal era el caso de la Malinche, que al parecer era poseedora de una gran belleza. De esta manera, surgió el pueblo de México, donde como piedras preciosas y únicas empezaron a nacer mexicanos guapos, pero muy pocos, y por eso, más exquisitos todavía, por su rareza. Tal fue el caso de Martín Cortés, hijo de la Malinche y de Hernán Cortés.

Al poco tiempo de haberse conocido, Hernán y la Malinche tuvieron su primer y único hijo, Martín. Cuando nació, fue una sorpresa muy grande para todos en Tenochtitlan, Martín no gozó inmediatamente del cariño de todo el pueblo mexica, tampoco del de los españoles. Seguramente había muchos de ellos que lo envidiaron profundamente, por todo lo que él representaba. Conforme Martín fue creciendo, se dedicó a hacer el bien. Todo en él era bondad y amor a su pueblo, entonces las cosas empezaron a cambiar, la gente poco a poco lo fue aceptando, hasta que fue tal su presencia, que inevitablemente influyó en la vida de todos los habitantes con su ejemplo. Más que nada, para superar el trauma de la Conquista, que aún no podían resolver ambas culturas (tal vez nunca lo harían). Aunque Martín sentía un gran amor por sus dos raíces, en realidad no se sentía identificado con ninguna, él se veía como un ser diferente, como lo mejor de las dos culturas, y por eso cautivó tanto a indígenas como a españoles y con el tiempo a todos los habitantes de la Nueva España. Sin embargo, Martín nunca imaginaría lo que iba a pasar años después, cuando él fuera ya mayor. Su felicidad no duraría mucho, las injusticias no tardarían en llegar, y él no dudaría en tratar de solucionarlas. Nunca nadie imaginaría lo que Dios tenía reservado para él. Los años pasaron. Poco a poco las cosas empezaron a tomar forma en México, las historias de amor empezaron a dar sus frutos, en cuestión de unas décadas ya se podían ver las castas en la Nueva España, ¡vaya mestizaje!: unos más, unos menos, otros nada, pero todos mexicanos al fin, todos cortados por la tijera mexicana. ¿Y cuál es la tijera mexicana? Pues una tijera muy grande y bonita que impresiona al verla, una tijera hermosa que brilla a lo lejos, va cortando todo de una manera impresionante por su estilo único, pero después de un tiempo de estar funcionando muy bien, por alguna razón inexplicable, se empieza a destartalar, pierde su brillo, su filo, y todo es un desastres, todo mal cortado, todo mal hecho, como si por alguna razón tuviera que ser así por mandato divino. Pero después de un tiempo de estar descompuesta, mágicamente empieza a componerse y a cortarlo todo bien de nuevo, para la buena suerte de los que en ese momento se toparon en su camino, porque todo irá bien para ellos. Y así la tijera mexicana va dando forma a la historia de México, que por momentos brilla como nunca y por momentos brilla, pero por su mediocridad aferrada y por los miedos de las gentes que la usan mal y que todo lo contagian como una enfermedad, por la burla insolente de quienes no tienen corazón, de quienes en lugar de cerebro tienen la escultura de hormigón de un pollito devorando una lombriz, y se sienten orgullosos de esto y lo presumen haciendo daño. Y en esta historia surrealista costumbrista chafa y de oro puro, grande como pocas culturas, nace México, y con él, la ciudad de los palacios.

La llegada

Era el año de 1574, en el palacio virreinal, se encontraba el virrey Gastón de Peralta. Caminando por los pasillos, el virrey y su asistente charlaban:

—Ya está todo listo —le dijo al virrey su asistente—. Los navíos ya están en el puerto de Veracruz para partir mañana, como lo habéis ordenado, mi señor.

—¿Y Hernán? —preguntó el virrey—, ¿dónde está?

—Don Hernán y sus hijos están por llegar.

—Muy bien —contestó el virrey—. Avisadme cuando lleguen, los espero en la biblioteca.

El asistente se retiró, y el virrey se quedó ahí, de pie, pensando "¿Cómo es que ha podido suceder todo esto? ¿Por qué estos problemas ahora? ¿Cómo es posible que los hijos de Hernán traicionen a la Corona de esta manera?". El virrey ignoraba el motivo por el que los hijos de Hernán, sus amigos y el mismísimo Hernán traicionaban a la Corona. Pasó toda la tarde ahí en su palacio, ciego en su autoengaño, en su ignorancia, nunca pensó en hacer algo para solucionar los problemas y darle un trato justo al pueblo y a la aristocracia mexicana recién surgida, que eran los que en ese momento podrían llegar al poder y poner un orden. En esas épocas era imposible e inimaginable que alguien del pueblo lo lograra, como lo haría años después Benito Juárez, esto no quería decir que el pueblo no era capaz, simplemente no podían. De esta manera se empezó a tramar la supuesta sublevación de la Corona. Tal vez si eso hubiese sucedido, ahora el pueblo de México conservaría todas las riquezas que le fueron sustraídas, se hubieran quedado donde correspondían, evitando tal vez con esto el futuro Tercer Mundo. Lo que pasaba era que Felipe II había negado todo los derechos a los hijos de los españoles en la Nueva España, no podrían heredar nada, ni títulos ni bienes. Imaginemos entonces cómo debió haber sido para el resto de la población, pareciera que el hecho de haber nacido en México y aunque tuvieses títulos nobiliarios que heredar o fueras quien fueras no era suficiente para ser respetado por la Corte, como si por haber nacido en México los consideraban mal paridos y como si tuviesen algún mal. Si ya había un virreinato en la Nueva

España, hubiese sido muy grato y de bien que Felipe II respetase a toda su corte y al pueblo en las colonias- Esto ha sido un gran error de su parte hasta la fecha, muchos de los afectados trataron de sublevarse contra la Corona maltratadora. A pesar de que años antes, los Reyes Católicos en su reinado habían ordenado que todos los habitantes de la Nueva España serían tratados iguales y tendrían los mismos derechos, Felipe II no dudó en desobedecer esta orden cuando llegó a sus oídos que Martín Cortés Malintzin, sus hermanos, unos amigos aristócratas y el pueblo que seguramente los seguía querían independizarse. Felipe II hizo llevar a Martín Cortés Malintzin y a sus hermanos a España, truncando cualquier intento de cambiar las normas, cosa que no sucedió con los demás compañeros, quienes fueron asesinados públicamente, y sus bienes quemados, como muestra de lo que les pasaría a los que intentaran sublevarse. Martín había corrido con suerte, no le hicieron nada por ser hijo de Hernán Cortés y de la Malinche. Todo estaba ya preparado. Después de haber tenido la reunión con el virrey Gastón de Peralta, Hernán Cortes y sus hijos fueron enviados a Veracruz por órdenes de Felipe II, para ser desterrados. Seguramente para Martín esto debió haber sido algo muy triste, no perdonaría jamás su destierro. Pero el sufrimiento de Martín no sería en vano, después la vida lo premiaría. Al día siguiente, ya en el puerto de Veracruz, estaban listos para partir los navíos con rumbo a España.

El momento finalmente llegó, las amarras se soltaron, y los navíos poco a poco empezaron a moverse con el viento, con ese aire mexicano lleno de aromas y de recuerdos, donde se perdían la alegría y los sueños, en medio de incertidumbre y de dolor.

En la popa de uno de esos barcos hay un hombre que mira a la distancia: es Martín Cortés Malintzin. Su vida parece acabada. Aunque después él tuviera la legitimación del papa Clemente VII, como hijo de Hernán Cortés, y de que se convertiría en paje de Felipe II y recibiría honores y buenos tratos de parte de la Corte, nunca perdonaría a la vida lo sucedido. Lo que le habían quitado era más que a un hijo: era toda una familia, era el pueblo mexicano, el cual empezaba a ser maltratado, y Martín, como un padre amoroso, quería salvarlo. Así, en esa tristeza profunda, Martín partió rumbo a España. Los navíos poco a poco se fueron alejando, las olas, testigos y cómplices del viento al igual que el sol, fueron las únicas que calentaron las horas frías de su partida, lo acompañaban al igual que su padre Hernán y sus medio hermanos. En unos minutos, desaparecieron en la inmensidad del mar. Minutos después la noche llegó, y Martín, que seguía ahí, de pie, y que la mar miraba, lloraba. Las estrellas brillaban. La luna los acompañaba en esa noche triste. Martín desapareció, y ya más nada volvería a ser lo mismo para todos los mexicanos. Cuentan que después Martín desapareció una noche, que una luz del cielo bajó y se lo llevó. La verdad es que no se supo más de él, y así, sin más, pasaron los años, pasaron los siglos, y de Martín nunca nadie jamás se acordó, se perdió en la historia del polvo y el viento, de sueños inciertos de nunca jamás, de golpes ingratos de manos ajenas que lo lastimaron, mas fueron forjando en él su saber.

Y ya con el tiempo, fuerte y poderoso, Martín esperaba ser elegido por el dedo divino. Siglos después, y por decisión del mismísimo Dios, Martín regresó a la Tierra el 22 de noviembre de 2012, en un atardecer espectacular, en uno de esos que pocas veces se ven, así, de la nada. Apareció en la cima de la pirámide de Chichén-Itzá, fue hermoso, una pequeña nube bajó del cielo, y poco a poco empezó a disiparse, dejando ver a Martín ahí de pie, desnudo, humilde, pero superior a todos. Parado allí con los brazos extendidos y la cabeza hacia arriba, con los ojos cerrados, suspiró profundamente. Su rostro plácido esbozaba una sonrisa. Después, abrió los ojos y miró de un lado a otro. Pudo ver la grandeza de Chichén-Itzá, sorprendido, con el sol a sus espaldas. Martín brillaba como un ser de otro mundo. Después de unos segundos, miró al cielo y pudo ver que seis ángeles bajaban del cielo, eran dos grupos de tres: uno del lado izquierdo, y otro del lado derecho, y se acercaron a él. En realidad lo que Martín veía era el número treinta y tres, eso era lo que los ángeles significaban para él, sin entender por qué este número marcaría su vida para siempre. Traían con ellos unos ropajes. Fueron bajando, hasta que llegaron justo donde estaba Martín y lo saludaron:

—Bienvenido, Martín. Hemos venido a guiarte en este, tu regreso.

Martín, sin decir nada, les sonrió. A continuación, se dispuso a vestir los ropajes que los ángeles llevaban consigo; en realidad no había tenido que vestirse, los ropajes se habían ajustado mágicamente a su cuerpo. Eran un tanto especiales; parecían del futuro. No se entendía bien de qué material estaban hechos, como si fueran de plata, eran flexibles, hermosos y muy modernos. Martín, que se miraba, quedó encantado de usarlos. En ese momento, uno de los ángeles le dijo:

—Estamos aquí para guiarte, Martín. Ahora, te llevaremos al aeropuerto.

Martín, sin decir nada, bajó de la pirámide con los seis ángeles que lo escoltaban y que lo llevarían al aeropuerto de Cancún, donde ya los esperaban. Ya abajo subió a un auto, en seguida los ángeles subieron a otros dos autos y se fueron rumbo al aeropuerto. Al llegar, se dirigieron directamente a la pista; ahí los aguardaban. Bajaron todos de los carros. Los ángeles se acercaron a Martín y le dijeron:

—Estás de regreso en la Tierra por una razón muy especial, no te preocupes por nada, más tarde alguien muy importante hablará contigo, quédate tranquilo —y se despidieron de él—. Adiós, Martín.

—Adiós —les respondió, subió al avión y se marchó con rumbo a la Ciudad de México.

Sin saber ni preguntarse nada, Martín despegó tan solo con la conciencia de que estaba de nuevo en la Tierra, y que por alguna razón sería. Aunque la modernidad que lo rodeaba lo tenía asombrado, no preguntaba nada; tan solo se dejaba llevar, tranquilo. Todo empezaría con su llegada al aeropuerto de la Ciudad de México. Al arribar, hizo como todos los pasajeros; no hubo ningún protocolo y se fue caminando por los pasillos con las demás personas que también llegaban. Nadie lo acompañaba ni lo guiaba; había en él algo que le decía qué hacer. Era tal el magnetismo y la presencia de Martín, que inmediatamente la gente lo empezó a seguir, y así, como si de una estrella *pop* se tratase, lo empezaron a rodear. Él caminaba solo sonriendo a todos, con un carisma que jamás nadie había tenido ni visto en otro ser humano, su metro noventa de estatura, su rostro iluminado de bondad y galanura y el traje de plata que vestía, plata de otros mundos, dejaban boquiabiertos a todos los que se cruzaban con él. Se fue caminando hasta la salida del aeropuerto. La gente le tomaba fotos y capturaba videos, y luego lo siguió hasta donde lo esperaba una limusina discreta. Increíblemente, las personas no decían nada; estaban asombradas; tan solo se preguntaban quién era aquel. Martín, entonces, subió al vehículo, el chofer le abrió la puerta. Fue rumbo al centro histórico, exactamente al Zócalo. Una vez ahí, bajó justo enfrente de la Catedral, que estaba perfectamente iluminada, como el Palacio Presidencial y los demás edificios. Todo se veía espectacular, como nunca. ¡Y cuál fue su sorpresa al darse la media vuelta!: pudo ver la bandera mexicana, gigante, que ondeaba. Su cara se iluminó al ver el águila devorando la serpiente. En ese momento, sonrió y puso una cara como si ya antes hubiese visto aquello. Se lo veía feliz. Después de contemplar el Zócalo por un momento, empezó a andar con rumbo a la avenida Madero. Iba asombrado por todo lo que observaba, sobre todo por las personas que lo seguían: sus ropas, sus peinados y su manera de hablar le resultaban un tanto divertidas. Se fue caminando por la avenida Madero acompañado de la gente que andaba por ahí y que lo seguía, hasta llegar a la calle Bolívar. Sin saberlo, en esa esquina de Madero y Bolívar, había un edificio de apartamentos de muy buena arquitectura, el edificio San Carlos, que lo invitaba a pasar. Martín lo miró de un lado a otro y sin pensarlo caminó hacia este como si de su casa se tratase. Una vez dentro, avanzó hasta llegar al elevador, lo miró de un lado y de otro, oprimió el botón que tenía enfrente y esperó un momento a ver qué pasaba. Segundos después las puertas se abrieron, Martín entró un tanto intrigado, dio media vuelta y oprimió el botón que lo llevaría al tercer piso, las puertas se cerraron. Asombrado, sintió cómo empezaba a subir en esa caja, y por un momento pensó "¿Y ahora qué? ¿A dónde voy?". Segundos después las puertas se abrieron de nuevo como lo más cotidiano del mundo, pero no para él. Salió entonces, mientras miraba por el barandal del *hall*, percatándose de que ya estaba pisos más arriba. "¿Pero qué invento es este?", se preguntó sonriendo. Dio vuelta a la derecha y caminó hasta el fondo del edificio, hasta llegar a una puerta con el número 307, la abrió y dio un paso adentro. Se quedó de pie ahí tres segundos y encendió la luz, pudo ver que más que un apartamento, parecía un pequeño museo. Era un lugar muy agradable lleno de pinturas y de esculturas que casualmente se parecían a él. Pudo mirarlas detenidamente, sorprendido, sin decir nada. Segundos después entró, cerró la puerta y se dirigió a la ventana, la cual tenía una vista espectacular. Pudo contemplar la Torre Latinoamericana remodelada. Se veía hermosa. Mientras la observaba, decidió tomar un baño. Martín, al que nada le extrañaba, se dejaba llevar complacido y sereno por el instinto que lo guiaba, tan solo estaba un poco sorprendido, pues ya empezaba a sospechar de qué se trataba todo eso, después de haber notado la reacción de la gente al verlo desde que había llegado. "¿En verdad será lo que estoy pensando? ¿No estaré soñando?", pensaba para él.

Toda la modernidad que lo rodeaba, la cual controlaba, como si hubiese nacido en esa época, lo hacía sentir como un niño curioso, con discreción se acercaba a ver y a tocar las cosas. Cuando entró al apartamento y encendió la luz por primera vez en su vida, se echó un poco para atrás al sentir el poder de la naturaleza controlada por su mano, encendió y apagó la luz un par de veces, pensativo, con los ojos grandes, como si con ese hecho supiera ya el porqué de su regreso. El control y el poder que tendría más tarde sobre la Tierra y sobre todos los humanos se le revelaron en ese pequeño acto de encender y apagar la luz. Entonces se dirigió al cuarto de baño, sorprendido entró mirando todos los objetos que estaban ahí y que lo maravillaron. Pensaba "Cómo no se les ocurrió hacer esto hace quinientos años, estoy seguro de que a Carlos quinto y a su hijo Felipe segundo les hubiese encantado". Se desnudó, aunque en realidad no tuvo que hacerlo, porque los ropajes se desprendieron de él y quedaron acomodados en un pequeño mueble que ahí estaba. La ducha le tomó casi media hora. Una vez que terminó de bañarse, decidió cenar algo. Había fruta y pan con leche. Esa fue su cena. Cenó rápido. Algo le decía que se tumbara a ver la televisión, y así fue: se recostó en la cama y, como en las películas, encendió el televisor, y justo en ese momento aparecieron las noticias, las malas noticias que nadie quiere ver: la hambruna en África y en el resto del mundo. Se quedó impresionado. Después siguieron las guerras árabes y los problemas con Corea del Norte, el terrorismo mexicano y del mundo, la contaminación del planeta, y no se diga el calentamiento global. Su cara cambió. Ya no estaba tan feliz como cuando había llegado. Se quedó muy serio. En ese instante, algo lo alertó: alguien lo estaba llamando. Suspiró e inmediatamente reaccionó. Se puso de pie y se volvió a vestir. Ya era un poco tarde para entonces. Salió de nuevo a la calle. Afortunadamente no había gente, se fue caminando por donde había llegado, atravesó Madero y el Zócalo, y se fue hasta el Templo Mayor. Una vez ahí, se quedó asombrado al ver los restos de las pirámides. "¿Dónde está todo? ¿Qué ha pasado?", se preguntó; el lugar estaba completamente solo, no había nadie. Entonces subió a esta y miró el cielo. Pudo ver que era una noche estrellada como nunca antes en el mundo, no había reparado en eso al llegar, se quedó sorprendido. En ese momento, un rayo de luz salió de la oscuridad y descendió hasta él. En ese silencio, en esa noche hermosa, Martín, de pie, tranquilo, preguntó:

—¿Quién soy yo?

Pasaron unos segundos, cuando, en plena oscuridad, un arco iris apareció. También se empezó a escuchar una música hermosa; era una música inédita: una flauta prehispánica tocaba una melodía acompañada de un clavecín, una melodía azteca con instrumentos musicales europeos que no se había escuchado nunca antes y que solamente él pudo reconocer con una sonrisa. Parecía que era su música favorita en su otra vida. Siguió escuchándola hasta que terminó; era una pieza pequeña. Después de unos segundos de haber finalizado, un suspiro enorme se escuchó en el cielo.

—Martín, hijo mío…

Martín, sorprendido y alegre, seguía ahí, de pie. Pasaron unos segundos más, y del cielo se oyó:

—Martín Cortés, primer caballero de la Orden de las Bellas Artes del reino mexicano, caballero de la Orden de Santiago, marqués de Barcelona, gran duque de Tenochtitlán, príncipe del Valle de Oaxaca, rey de América y embajador del universo humano, ese eres tú ahora. Martín, eres tú mi hijo consentido. En ti se encuentra representada toda la raza humana. Por tus padres terrestres, Hernán Cortés y la Malinche; por todos tus dones y tus bendiciones, porque sé que en ti no hay maldad ninguna, porque jamás has sentido envidia de nada ni de nadie, porque sé que nunca has traicionado a un amigo y a nadie, porque te regocijas en el éxito de los demás, porque sé que desde pequeño has conocido la cara de la envidia y la traición y sin embargo jamás te has vengado, porque el sufrimiento de los demás es tu sufrimiento, has ayudado a todos con gusto cuanto has podido, porque siempre has deseado el bien a los demás a pesar de que muchas personas te han difamado a lo largo de tu vida intentando hacerte daño, porque por tu nobleza has callado. Por todo eso te he elegido a ti de entre todos mis hijos, para que me traigas un plan de acción para salvar la Tierra. Es justo ahora cuando hay que hacerlo, ya no podemos esperar más. Por la justicia que hay en ti y que se te negó en su momento, tendrás que hacerlo con la misma entrega que tuviste antes en tu intento por salvar México, solo que ahora se trata del mundo entero. Te doy una semana a partir de mañana para que me traigas un plan de acción. Tendrá que ser contundente, y no podrá haber plan B. Deberá ser efectivo de un día al otro. ¡Ah!, y una cosa más, me tienes que impresionar —le dijo Dios a Martín—. Te espero entonces dentro de una semana, a las doce de la noche. En esa oportunidad, nos veremos en la Pirámide del Sol. Confío en ti ciegamente, sé que salvarás la Tierra. Pues anda, ve, hijo mío, Martín, el mundo te espera ya.

—Está bien, Padre. Nada más una cosa —le dijo Martín a Dios—. Yo también quiero pedirte algo.

—Dime, hijo.

Se quedó callado unos segundos y después le habló con voz grave:

—No podrás intervenir en nada esta vez con la teoría tuya de que estás en todos lados. Esta vez no, Padre, ni Internet, ni nada de querer saber algo antes.

Dios le contestó que sí, que estaba bien.

—Padre, nos vemos en una semana entonces, me marcho ya —le dijo Martín.

—Adiós.

—¿A ti?

—¿Cómo? —dijo Dios.

—Perdona, adiós —dijo Martín.

—¡Ah, sí!, a mí, digo adiós, hijo, nos vemos.

En ese momento, el arco iris desapareció, y el rayo de luz también. Martín bajó de la pirámide y regresó a su apartamento. Por el camino pensaba cómo haría para arreglar las cosas. Después de haber visto la tele hacía unos minutos, se había dado cuenta de que la humanidad estaba muy dañada, muy aferrada a sus intereses, y a pesar de que había gente buena y preocupada por el mundo, la mayoría lo pasaba por alto, ignoraba las cosas y hacía como que ya todo era normal. Ver gente muriendo de hambre o enferma, odio, envidia, racismo, guerra, muerte, todas esas cosas como un tatuaje que algunos presumían y que otros escondían con temor... Parecía que la ignorancia era el medicamento para el sufrimiento, esos eran los tiempos modernos, posmodernos, que la humanidad pensaba dominar, aunque la verdad era que había mucho por hacer y por aprender, parecía que la tecnología y la ciencia estaban tomando protagonismo ente los valores humanos, eso iba a cambiar. Ahora, Martín se encargaría de hacerlo, de hecho. Después de él, se tendría que hacer la nueva versión del diccionario mundial, en la que muchas palabras ya no tendrían sentido y quedarían relegadas, solo serían encontradas en textos ya olvidados, nadie querría volver a pronunciarlas, serían palabras vergonzosas que alguna vez había usado la humanidad, por ejemplo "víctima": desaparecería del diccionario, ya no tendría sentido.

Finalmente Martín llegó a su apartamento; en cuanto entró, se fue directo a la ventana derecha —había dos y muy grandes—; la del lado izquierdo estaba casi bloqueada por una escultura de dos metros de alto, lo que hacía un poco difícil acceder a ella, sin embargo la otra estaba libre y dejaba ver todo el cielo mexicano y sus rascacielos. Justo en ese momento pudo ver algo que lo dejó sorprendido, a la distancia se empezó acercar una nave que destellaba luces. En ese momento Martín pudo ver que era algo muy diferente de las naves que había visto en el aeropuerto, en realidad era una esfera de aproximadamente sesenta centímetros de diámetro y emitía su propia luz blanca con la parte de abajo un poco azulada. Estaba girando en círculos a un lado de la cúpula del templo de los franciscanos, que se situaba a unos setenta metros enfrente de él, pegadita a la Torre Latinoamericana. La esfera giraba en círculos una y otra vez de una manera inteligente. Como algo milagroso, no hacía ni un solo ruido, después de estar girando unos segundos más, se dirigió a un costado de la torre latino, subió pegadita a esta en línea recta hasta casi llegar a la cima, para después bajar y regresar a la cúpula para dar vueltas unos segundos más. Enseguida la esfera fue hasta Martín, se situó frente a él, a unos cuantos metros, estática frente a sus ojos. Martín la miraba sorprendido, como si la esfera lo llamara, como si le hablara. Segundos después, de esta salió un rayo de luz que lo impactó justo en el corazón y dejó en él una sensación de paz y de alegría que ninguna droga o lo que fuera podría lograr jamás en la Tierra, mientras miraba cómo la luz —la esfera, lo que en realidad era— se marchaba hasta desaparecer. Se quedó ahí un buen rato, pensando, imaginando cosas. Por un instante se podía ver cómo miraba al cielo sonriente, con la expresión perdida, cariñosa, como si después de saber cómo se encontraban la Tierra y los humanos, ahora no se preocupara por ellos y los perdonara. Como si salvar la Tierra fuera una rebanada de pastel para él. Pasó unos minutos más ahí, hasta que se fue a la cama y se quedó profundamente dormido. Todo esto que vivía Martín era un sueño hecho realidad, el sueño más hermoso que jamás hubiera imaginado tener. Todo empezaba a tener sentido para él. Todo lo que la vida le había quitado se lo regresaba cuatrocientos cuarenta y cuatro años después, en el mismo lugar. Felicidades, Martín.

El primer día: México

La mañana llegó, y Martín despertó feliz y con mucha hambre, se levantó de la cama y decidió desayunar algo. Parado frente a la cocina, comentó para sí lo increíble que le parecían todos los objetos que estaban ahí: "No puedo creer ese baúl donde guardan todos los alimentos de todo el mundo, qué maravilla, y esta plancha con fuego que no arde también es increíble. Y bueno, ¡la tabla negra donde se ven todas esas imágenes y que llaman televisión es un milagro! ¡Y el cuarto de baño!: ya quisiera Felipe segundo tener uno así, qué maravilla también. En fin, mejor me preparo el desayuno, que ya es un poco tarde". Sin ningún temor, Martín se preparó unos huevos a la mexicana con chorizo de lomo de cerdo, unos frijolitos, un jugo de naranja y tortillas de maíz. Eso fue suficiente. "Ahora, me tomaré un baño, aquí sí pienso tomarme mi tiempo", comentó para él. Encendió el televisor de nuevo y se metió a la ducha, mientras podía escuchar en las noticias. Un comentarista informaba el alboroto que había en todos lados por su llegada, lo popular que inmediatamente se había hecho en cuestión de horas, todo México hablaba de él, y el testimonio de las personas que estaban en el aeropuerto cuando llegó fue su carta de presentación. Todo el mundo lo miraba ahora en YouTube, las noticieros invitaron a los testigos para que explicaran lo sucedido, todos ellos comentaban con emoción que habían sentido paz y tranquilidad al estar junto a él, como no habían sentido nunca, que había algo en su persona que les inspiraba los mejores deseos. La gente estaba emocionada y se preguntaba quién podría ser y cómo era que habían podido sentir esas emociones al estar a su lado. Martín, que se miraba en el espejo, ya con su traje puesto, salió a la calle, guiado por su instinto, y como si ya conociera la ciudad, caminó por Madero hasta llegar a Bellas Artes. Al ver el palacio, hizo una expresión como si de un amor se tratara. Caminó hasta la entrada y se quedó ahí por un par de minutos, mirando de un lado a otro, y suspiró un par de veces; después, se dirigió a una de las jardineras que había enfrente y se sentó. Las personas y algunos medios de seguridad que lo habían empezado a seguir desde que había salido de su casa lo miraban sorprendidos y emocionados, le tomaban fotos y capturaban videos, todo con cierta tranquilidad. Martín, sentado ahí, tomó de su pecho una computadora, el ordenador que llevaba adosado a su traje, el cual, por cierto, nunca había que lavar ni planchar, siempre estaba impecable. Se puso a trabajar, al parecer Internet sería una de las herramientas para su cometido, no dudó en sacarle provecho. Era tal su destreza en el teclado, que parecía un experto en informática. Pasaron unas horas; para entonces ya era el mediodía, y Martín seguía pegado al ordenador. La gente que lo miraba no decía nada. Se lo veía tan concentrado, que nadie era capaz de distraerlo. Así, siguió trabajando un rato más, hasta que finalmente paró, se puso de pie y se fue caminando por la avenida Juárez, pensativo, como maquinando algo. La gente que lo seguía discretamente lo acompañaba. Después de haber andado un poco, Martín decidió ir a comer. Ya Era hora, y tenía hambre. Pues, entonces, así, de la nada, dio un brinco y empezó a volar. Sorprendido de sí mismo, se elevó. Toda la gente estaba impresionada, no daba crédito a lo que veía. Martín se quedó unos segundos ahí, suspendido en el aire, no salía de su asombro. Después empezó a volar, atravesó la alameda despacio hasta llegar a avenida Reforma y decidió recorrerla. Estaba encantado con todo: la nueva arquitectura mexicana, el monumento a Moctezuma, el monumento a Colón, la palmera histórica, el Ángel, la Diana y el Castillo de Chapultepec; todo era perfecto para él, que volaba feliz. Cuando llegó al Ángel de la Independencia, decidió bajar un poco y volar alrededor de él. En un alarde deportista, Martín iba haciendo piruetas mientras volaba. Por momentos, se quedaba suspendido en el aire, en posición fetal, dando vueltas, y luego se estiraba, salía disparado, y volvía a dar vueltas como los clavadistas en las Olimpíadas. Era una alegría verlo volar. ¡Qué artista! ¡Qué atleta! Para entonces, Martín ya estaba en todos los medios, los videos que lo mostraban volando por la avenida Reforma corrían por la red en todos los países, en cuestión de horas esas imágenes habían sido las más vistas del planeta, lo que había batido los récords por siempre. La humanidad entera estaba ya enterada de él, mas no sabía nada aún. La gente, que empezaba a intuir cosas, comentaba aquello por todos lados, en todas las redes sociales, en todos los programas de televisión, y los noticieros no hacían más que hablar de él, todos los altos mandos del mundo se preguntaban lo mismo: quién sería ese hombre y qué haría. Sin embargo, Martín no había hablado con nadie todavía, nadie sabía nada. Cuando terminó de dar varias vueltas al Ángel, decidió bajar. Se acercó a una de las bancas que estaban en la avenida Reforma y se posó en ella. ¡Qué manera de aterrizar! La gente que lo miraba podía decir en esa ocasión que había llegado del cielo. Sentado ahí, tomó su computadora de nuevo y se puso a trabajar. La gente lo empezó a rodear, y en cuestión de minutos ya había una pequeña multitud. Intrigados y respetuosos, lo miraban. No había ningún mitote mexicano al cual estaba acostumbrado el pueblo de México. Todo estaba tranquilo, cuando de repente llegaron los medios de comunicación. Estos sí que no pudieron dejar de hacer mitote, pero conforme se fueron acercando, fueron callando y se quedaron sorprendidos al verlo. Inmediatamente, empezaron a grabarlo. En ese momento, alguien de entre la gente le gritó:

—¿Quién eres?

Todos se miraban. Martín dejó de escribir y se quedó contemplando el suelo; levantó la cabeza, se puso de pie y los miró. Les dijo:

—Soy Martín Cortés, hijo de mis padres terrestres: la Malinche y Hernán Cortés, el conquistador.

Todos se miraban y comentaban sin entender bien qué era lo que pasaba, por qué había regresado, cómo había podido hacerlo y para qué.

En ese momento, alguien dijo:

—¡Se parece al papá! Martín en realidad era castizo más que mestizo, será por el amor a la madre patria o por la admiración a su padre, que así era.

Otra persona, como si ya supiera de qué se trataba todo, le preguntó:

—¿Vas a ayudarnos?

Martín le contestó:

—Sí. Nuestro Padre, Dios, me ha elegido para salvar la Tierra, la cual está a punto de un colapso. Yo tengo una deuda con ustedes, mi pueblo mexicano, y ahora con el mundo.

Después, alguien gritó:

—¡Martín, el Mesías mexicano!

A pesar de que muchas de las personas ya no lo recordaban y otras no sabían de él, todos lo bendijeron.

En eso, Martín caminó unos pasos y miró al Ángel de la Independencia. Dio un brinco, voló hacia él y se posó en su hombro, mientras la gente gritaba de emoción. El sol que se ponía reflejaba la silueta de Martín, sentado en el hombro del Ángel, lo que lo hacía más espectacular, todo bañado por una luz dorada. Martín contemplaba la Ciudad de México orgulloso. Y claro que también podía ver el caos que se había formado en Reforma. La avenida dejó de circular. Las personas salieron de sus carros para verlo. Los medios lo grababan y transmitían en directo para toda la Tierra. Se confirmaba entonces ya la identidad de Martín. La humanidad no podía creer que finalmente estuviera pasando eso, y mucho menos el pueblo mexicano, que estaba feliz. El Mesías mexicano, le empezaron a decir. Después de estar unos minutos sentado en los hombros del Ángel, Martín finalmente decidió volar de nuevo. Se fue directo al Castillo de Chapultepec. Llegó a los jardines del palacio, mientras se acercaba, comentó "Qué lugar tan agradable para vivir, qué afortunados lo que lo hicieron". Aterrizó justo frente a una banca donde había un niño, pudo ver que era un chiquitín que se disponía a comer algo. Fue bajando lentamente hasta que tocó el piso sin hacer ruido, mirando al niño que tenía en sus manos una torta de jamón que se veía exquisita y un teléfono que miraba con atención. Martín se acercó a él rápidamente y lo saludó:

—¡Hola! ¿Cómo estás?

El niño levantó la cabeza y vio a Martín, se quedó sorprendido, impresionado, no lo podía creer.

—¿Me puedo sentar a tu lado? —preguntó Martín.

—Sí —contestó el niño—. Eres Martín Cortés, ¿verdad?

—Sí—dijo Martín.

—Me acabo de enterar de quién eres —dijo el niño, y le enseñó el teléfono—. ¿Eres un superhéroe?

—Sí—respondió Martín—. ¿Y tú cómo te llamas?

—Benito —dijo el niño, y en ese momento se dispuso a comer su torta.

Seguramente ya tenía mucha hambre, e ignoró por un segundo a Martín. Acercó entonces la torta a su boca. Y cuando estaba por darle la primera mordida, Martín lo interrumpió y le dijo:

—¡Espera! ¿Me dejas probarla?

Benito, con su mirada inocente, la alejó de sí, miró a Martín y dijo que sí. Se la dio, Martín la tomó y de una sola mordida se comió la mitad, comentando con la boca llena:

—¡Uuum!, ¡está buenísima!

Dio otra pequeña mordida a la torta mientras miraba al niño con los hombros encogidos. Benito lo observaba con ojos grandes, sin decir nada. Martín le devolvió la torta, por no decir el pedacito que quedaba de ella. Benito la tomó, la miró frunciendo un poco las cejas y después volteó para ver a Martín sorprendido.

—Qué rica está—le dijo Martín—, ¿te la hizo tu mami?

—Sí —dijo Benito.

—Me lo imaginé, se ve que te quiere mucho. Mi mamá también me preparaba unas muy ricas cuando tenía tu edad. Mientras Benito se comía lo que había quedado de la torta, Martín le preguntó si quería dar un paseo por el palacio. El niño contestó que sí. Entonces se pusieron de pie y caminaron juntos. Cuando llegaron a la recámara de Maximiliano y de Carlota, pudieron ver que había dos pinturas de ellos, se acercaron a estas, y Martín le preguntó:

—Ya sabes quiénes son, ¿verdad?

—Sí —contestó Benito.

—Qué bien le hubieran hecho a México si se hubieran quedado unos años más, ¿no lo crees? —comentó Martín.

Benito, que lo miraba con ojos emocionados, le dijo:

—Sí. Tienes razón: en el fondo fueron buenos, siempre quisieron a México, y su historia, lo demás ha sido un malentendido, que descansen en paz.

En ese momento apareció la madre de Benito, y quedó sorprendida de verlo con Martín.

—¡Benito! —le dijo—. Te he estado buscando, ¿dónde estabas?

—Platicando con Martín, mamá —contestó el niño—. ¡Ahora es mi amigo!

La madre caminó unos pasos, saludó a Martin, tomó a Benito del brazo y le dijo:

—Es hora de irnos, despídete de Martín —y lo levantó para que le diera un beso.

Benito le dio un beso en la mejilla, y se marcharon. Martín salió del palacio y se fue caminado hasta llegar a las faldas del lago de Chapultepec. Las personas lo siguieron en todo momento, pero cuando llegó ahí, lo dejaron a solas. Una vez ahí, se sentó en una de las bancas que había. Sacó de nuevo su computadora y se puso a trabajar otra vez. Pasó ahí toda la tarde, hasta que la noche llegó. No necesitaba luz; su traje se la proporcionaba. Se lo podía ver, por momentos, muy emocionado en lo que hacía, pero después su rostro empezó a cambiar, se lo empezó a observar triste y asustado. ¿Qué sería lo que veía Martín, que parecía por un momento haberse traumado? Ya no escribía más; tan solo buscaba información. Así pasó un rato hasta que paró, se puso de pie y caminó hacia la balaustrada que daba al lago, mirando los cielos de Polanco, con la noche ya despierta. Martín lloró. Fue un llanto pequeño al principio, digamos que se le salieron las lágrimas, pero su tristeza fue aumentando, hasta que finalmente terminó llorando de verdad, con tristeza profunda, pero relajada. Así lloró un par de minutos y se quedó suspirando lamentos, hasta que la luna, reflejada en el lago, lo distrajo, y él recapacitó. Miró hacia el cielo y pensó para él: "Donde vayan la mujer y el hombre irán la maravilla y el horror". En ese momento pudo ver que una serpiente emplumada bajaba del cielo y se acercaba a él. Lo miró a los ojos y le preguntó:

—¿Por qué lloras, Martín?

Él agachó la cabeza y con una voz muy triste le contestó:

—No puedo creer que el pueblo de México odie tanto a mis padres.

Segundos después levantó la cabeza con firmeza y le dijo:

—Estoy sorprendido, nunca me habría imaginado esto. ¿Por qué son así los mexicanos? ¿Qué les ha hecho llegar a sentir este odio tan grande por su pasado, por sus raíces?

—Tú sabes que la historia de México es una historia cruel —le dijo la serpiente—, tú lo has vivido en carne propia, ¿por qué iba a ser diferente ahora?

—Entiendo que la conquista de México ha sido una de las historias más terribles del mundo —respondió Martín—, pero ha sido de esta manera que ahora está vivo el pueblo de México, en el corazón de los mexicanos hay una guerra que aún no ha terminado, y es tiempo de terminarla ya. Es hora de dejar de juzgar a sus creadores y tomar una actitud más seria y respetuosa ante la vida, porque muchas cosas buenas surgieron de esta historia, y una de esas cosas es su vida misma, la cual se empeñan en acomplejar, total, si el pueblo de México no está de acuerdo y sufre por sus diferencias, pues tan sencillo como mirar para otro lado, con discreción ante la fealdad, y me refiero no tanto a la fealdad física sino a la de corazón. Respetando, sin atacar, ayudándose unos a otros para superarse. Eso sería lo ideal, pero no. Todo el tiempo se juzgan, se atacan. Que si es gente bien, que si no es gente bien, que si son unos nacos, que yo soy fino, y ellos no, todo este acomplejamiento de castas es lo que en realidad tiene a México estancado y de lo que solo pocos han sabido liberarse para triunfar emocionalmente y profesionalmente. Si supieran lo sencillo que es hacerlo, el secreto es tratar bien a las personas, y ya está. ¡cuántas cosas he podido ver y oír!

—¿Cuáles? —preguntó la serpiente.

—Muchas —dijo Martín—. Empezaré primero con los criollos y claro los extranjeros que han venido a dar a México y que se han quedado a vivir aquí, muchos de ellos maltratadores psicológicos de todas las castas, que creen que son superiores por ser criollos o caucásicos. Cuando se es grande, es cuando se ha hecho algo por los demás con un acto pequeño o a nivel mundial, o simplemente teniendo una buena actitud, siendo guapo con los demás, y como comentaba, no estando guapo físicamente, que no está de más, sino siendo guapo de corazón y de mente.

»A los que no están guapos ni por dentro ni por fuera les basta con ser caucásicos para ser maltratadores. Estas personas intentan ser mexicanas, pero nada más cuando les conviene, pervirtiendo a los mexicanos sanos con toda su prepotencia y su acomplejamiento, encadenándolo todo, y está claro que sufren más que sus propias víctimas. Los criollos de primera generación, cultos enterados de la historia mexicana y que no han cuajado en México pueden ser los más peligrosos, por su complejidad, no se aceptan a ellos mismos, en realidad no saben de dónde son, qué son. Por esta razón, cuando se enojan, se desahogan con los demás con prepotencia; estar acomplejado no es divertido, es un sufrimiento escondido, pero que todos ven.

»Por otro lado, están los criollos que aman a México y que de alguna manera sufren porque no tienen ni una gota de sangre indígena, en el fondo les incomoda, los confunde, sufren porque sienten que les falta algo. Una gran parte de los criollos malos, los confundidos, están orgullosos porque no se han mezclado, y ya se entiende ese orgullo cuando es sano, pero cuando no lo es, finalmente terminan sufriendo por esto, quieren dejar claro por las buenas o por las malas que esta vida que ellos viven es como ha de ser México. Usan esta condición de casta como un arma orgullosa, no dudan en hacer uso de ella cuando se sienten atacados o cuando les da la gana, con la certeza de que es un arma superior a todas ¡y vaya que funciona! Pero esta arma tiene un defecto, va proyectando sus debilidades y sufrimiento, por vivir esta historia mexicana, en la que estas personas encajan y no al mismo tiempo. Cegados por el desconcierto del momento, prefieren mejor atacar sin que les importe nada, con tal de sentirse bien, de vengarse o de hacer sufrir. Aunque al final están conscientes de que están perdiendo, cosa que tampoco les importa en el momento de atacar, ya que hay grandeza en su desdén, y eso los reconforta por un tiempo. Vamos, esto es el orgullo de vivir mal la vida. Pero después de recapacitar, se sienten fatales por haber usado de manera errónea el arma, dejando todo muy claro, de lo más complejo del mundo. Cuando en realidad México es de todos por parejo.

»Asimismo, está el México de todos los que sienten el orgullo español. Y cuando se encuentran en una charla, una reunión, no se respeta, es motivo de burla incluso entre los mismos criollos.

»Por otro lado, están todas las catas que viven en armonía y que es tan bonito de ver, un pueblo relajado, inteligente, cariñoso, disfrutando de la vida, de lo que le tocó. Algunas de estas personas han sido muy afortunadas por no hacer caso del todo a la historia mexicana, pero muchos mexicanos en realidad van caminando por la cuerda floja de la felicidad, y no es conveniente mirar hacia abajo ni hacia los lados, mejor siempre hacia delante, para no caer en la tristeza, el dolor ni el tormento, que el mexicano es un experto en disfrazar, en esconder, gracias a un disfraz que ha sido confeccionado con un hilván de hipocresía relajada permanente. ¿Y qué tal los criollos que odian a los españoles ya desde el principio de la Conquista?, aunque son hijos de españoles, no los consideran del todo bien. Hay algo que falla en estas personas, nada más por el hecho de haber nacido en México, y no en España, por eso les quitaron sus derechos en siglos pasados, esto las atormenta, las acompleja, se desahogan con los demás con prepotencia. Y repito: estar acomplejado no es nada divertido, conlleva un gran sufrimiento. O los que no se han mezclado nada, tanto indígenas como caucásicos, criollos ya de generaciones en México, y los que sí se mezclaron y tratan de vivir todos juntos en armonía, sintiéndose orgullosamente mexicanos, y que son víctimas de todo esto, ven con sus ojos y escuchan con sus oídos algo que les causa un deterioro emocional día a día. Lo llevan grabado en sus mentes de por vida, como un sufrimiento escondido, una tristeza disfrazada.

»¡Y qué tal los indígenas, que para defenderse de la ignorancia y de la maldad tienen que decir cuando son humillados que también son mexicanos, cuando en realidad son los más mexicanos! Por derecho de antigüedad. También están los mestizos, que constituyen la gran mayoría, muchos de los cuales están resentidos por todo lo que han sufrido, por el desprecio acumulado, al enfrentar la verdad de ser medio indígenas, cuando en realidad están orgullosos de esto casi todos, pero lo ocultan con pena y con temor porque siempre se ha visto al indígena como algo inferior y se ha utilizado esta situación para atacar y menospreciar, y al final este conflicto de identidad los ha hecho odiar a los españoles cuando también lo son, los ha llevado a un círculo vicioso de actitudes, ¡y han logrado así el estancamiento de México! Y más cuando llegan a tener el poder, son maltratadores de su propia casta.

»No se puede dejar de mencionar que el trauma de la Conquista ha viajado al Viejo Mundo, a España. El sufrimiento americano por supuesto que vive ahí también, muchos de los españoles están afectados por esta situación, a muchos de ellos no les ha gustado nada el hecho de haber venido a conquistar estas tierras y haberse mezclado, hubieran preferido que otros lo hubieran hecho, lo quieren ocultar y hasta negar, han tenido que pagar un precio alto por esto. En ocasiones europeos de otros países, para burlarse de ellos o como una simple verdad, les dicen que parecen mexicanos, y esto no les gusta nada. Por otro lado, están los españoles que se sienten orgullosos de ser la madre patria, lo defienden y lo presumen con elegancia, pero otros ya ni se acuerdan o no quieren saber, les da pena recordar.

»En fin, esto lo llevarán de por vida en su historia, nuestra historia en común. Tantas historias más de las que recién me he enterado, historias de todas las castas, de las que prefiero ahora mejor no hablar, ya que he sufrido demasiado. Yo creo que en quienes existen menos problemas es en los castizos, al parecer son los más tranquilos, los más relajados, no tienen ningún problema por tener un poco de sangre indígena. Felicidades a todos ellos. He leído por ahí un frase que me llegó y me gustó mucho y que el pueblo de México está olvidando.

—¿Cuál es? —preguntó la serpiente.

—El respeto al derecho ajeno es la paz —le dijo Martín—. Esta gran verdad podría sanar las heridas y mitigar el sufrimiento. Ahora, si aun así el trauma es muy grande, pues se pueden cambiar de país e irse a vivir a otro lado, hay muchas culturas donde seguramente se podrían integrar, empezando por la madre patria, España. Tenemos muchas cosas en común con ellos, la más importante es la sangre y todo lo que nos han heredado y de lo que estamos muy orgullosos. En fin, por eso he llorado, son casi quinientos años de sufrimiento psicológico, ¿quién puede aguantar esto? Solamente los mexicanos. Qué tristeza, todos víctimas del trauma y del sufrimiento americano, el que parece que no existiera y esconden, pero la verdad es que todos lo llevan como un clavo en el corazón, ojalá algún día todo esto termine y vivan en armonía, que se ve que hay, pero muy frágil e inestable, como una verdad a medias. Algo me consuela: afortunadamente muchos de los mexicanos han vivido ajenos a todo esto, han sido felices en este país, gracias a su educación, su inteligencia y su don de gente. De hecho, estas personas han ayudado a los demás con su ejemplo de vida, a ellos los felicito de corazón, les agradezco haber nacido aquí. Quiero felicitar a todas las castas que han sabido ser respetuosas y que han sabido experimentar con el corazón y la mente el orgullo mexicano, sé que existen, y los llevo en mi corazón.

¡Es tan bonito ver a la gente feliz, en armonía!, pareciera que algunos lo logran solamente cuando viajan en avión o van de vacaciones o como sea, todo es felicidad, camaradería. Por eso he llorado.

Pasaron unos segundos en silencio, mientras la serpiente emplumada pensaba para ella: "Si supieras, Martín, cómo ha cuajado el pueblo mexicano. Donde sí es no. El 'no' no existe porque no saben decir 'no'. Las 6 de la tarde igual y son las 8. El lunes puede ser el jueves de quién sabe qué mes, qué año, tal vez nunca. El único país donde jugar al menos es un lenguaje para lograr algo, aunque al final termine siéndolo, por la costumbre de hacerse el menso. Donde ser inteligente en gran parte de la población está mal visto y hasta da pena. Casi siempre que alguien en algún momento tiene una buena idea y la comparte, inmediatamente después las personas a su lado exclaman como adolescentes '¡Aaaaah!' truncando las cosas. Si supiera Martín que este es el país de las trancas, por todos lados a todos los niveles, mejor ni decirle nada. No se le vaya a ocurrir a Martín quitar el águila que devora a la serpiente en la bandera nacional y poner una tranca en lugar de esta". La serpiente siguió pensando: "Y lo que es peor, si supiera Martín que ahora el pueblo de México está gobernado por la gran orden de los caballeros y de las damas chafanacos. ¡Sí!, los chafanacos son la gran orden donde se regocija el arte por lo mal hecho, el ahí se va, no se nota, el autoengaño y el no pasa nada. ¡Vamos!, lo chafa y destruido por el mal gusto, la ignorancia en todos los niveles, en todas las castas, como el alimento de todos los días, casi como una religión, un orgullo, el regocijo del Tercer Mundo y por la conciencia de que existe un quinto mundo, y esto ya les basta para sentirse muy fregones, y bueno el regocijo de chingar a los demás, por miedo a la inteligencia sana y no a la inteligencia malvada, que es en la que se regocijan las chingaderas y las que disfrutan hacer, la estupidez disfrazada y gran perdedora mexicana ante el mundo. Aunque una gran mayoría de los mexicanos han sabido defenderse de todo esto, están influenciados desde la niñez por este gran mal por haber convivido con él todo el tiempo, al grado de convertir sus vidas en una lucha constante contra esta forma de ser. Seguramente muchos de ellos lograrán superarlo con madurez y con inteligencia, pero el efecto chafanaco está palpable en todos por igual, feos o guapos chafanacos al fin. ¡Pero calma! Que no todo es tan feo en la gran orden de los caballeros y damas chafanacos, ¡no! Para entrar a esta tan singular orden, todos sus miembros han pasado por una prueba exhaustiva de baile, ¡sí! Todos son grandes bailarines ahí, y todos los nuevos miembros que han llegado a esta orden, ya sea por desgracia o por que quieren, han de serlo. Su especialidad consiste en llevar al baile a las personas, vamos, en arruinarles el día o hasta la vida en el momento que les dé la gana o lo consideren oportuno. En el súper, la gran oficina. En las instituciones, las empresas, las escuelas, el gym y hasta en la panadería. Vaya surrealismo mexicano, joder a las personas mientras las invitas a bailar, ¿se había escuchado esto en algún país?, hasta los niños tienen que pasar este curso, el cual con la ayuda y el ejemplo de los mayores dominarán a la perfección, ¡pobrecillos chiquitines! ¡Dios!, qué pena —se dijo la serpiente—. Mejor que ni se le ocurra querer tener algo que ver con alguien en este país, porque seguramente tarde o temprano lo descubrirá, y esto no lo superará jamás, querrá irse a Barcelona lo antes posible y no regresar nunca, ¡adiós, México!, ¡adiós, América! Y no es que todo el pueblo de México sea así, ¡no! Afortunadamente un gran porcentaje de mexicanos está bien, ¡vamos!, que es la verdadera gente bien. La gente que es seria y formal es la que ha salvado a este país del caos y de la mediocridad y la que ha puesto el nombre de México en alto en la historia del mundo, en las artes, la gastronomía, la ciencia, las letras y muchas cosas más, por su esfuerzo, su esmero, su dedicación y su trabajo honesto, un saber vivir la vida, su talento. Si no fuera por estas personas, ¿qué sería de los mexicanos?, unos impresentables tal vez".

Martín, ya un poco más tranquilo, se despidió de la serpiente:

—Me ha dado gusto charlar contigo. Ya es tarde, y estoy cansado, quiero dormir, me marcho ya. Adiós.

Entonces, se fue directo a su casa y se quedó profundamente dormido. Ese día, Martín no comió nada, tan solo el desayuno y el par de mordidas que le había dado a la torta de Benito. Ese fue el primer día en su búsqueda del plan de acción para salvar la Tierra; un día tranquilo, en realidad, pero ya todo estaba cambiando desde que Martín apareciera. Se empezaba a notar una tranquilidad en las personas por todos lados. Todos los humanos se trataban mejor...

Segundo día: España

Al día siguiente, Martín se despertó después de haber dormido diez horas. Acostado en la cama, abrió los ojos y se estiró un poco. Se quedó pensativo unos minutos mientras miraba los rayos del sol, que atravesaban la ventana a través del tergal. Después, se levantó a desayunar. Solamente tomó un jugo de zanahoria y de naranja, no quiso comer más, tenía mucha prisa. Se bebió rápidamente el jugo y se dispuso a tomar un baño, se fue caminando alegre y bailarín hasta ahí, entró a la ducha para empezar a bañarse. Mientras lo hacía, complacido por el agüita caliente que le caía por todos lados, miró hacia abajo y se percató de algo que tenía en sus dedos, pudo ver que tenía unas pequeñas manchas. Rápidamente terminó de bañarse, tomó la toalla y se secó. Salió de la ducha y se sentó para ver bien qué era. Intrigado, tomó con su mano la pierna derecha, acercó el pie a los ojos para observar mejor, entonces pudo ver bien que, en sus dos dedos, los que siguen del dedo gordo, tenía unas pequeñas marcas en las uñas, ¡sí!, increíblemente tenía marcadas tres lianas verticales continuas de color rojo sangre en cada una de ellas, estaban perfectamente alineadas, justo en el centro de la uña. "¿Pero qué es esto? —dijo Martín—. ¿De dónde han salido?". Al parecer, esas marcas inexplicablemente le habían aparecido mientras dormía. En realidad lo que tenía Martín en sus dedos era el número 33, un tres en cada dedo, Martín no entendía cómo habían llegado esas marcas ahí. ¿Quién pudo haberlas puesto?, ¿cómo?,

¿y para qué? Así que empezó a analizar eso. Lo miraba y lo tocaba con los dedos sin dejar de pensar qué era, no lo entendía. Enseguida lo primero que hizo fue tratar de ver si venía de adentro, tomó una pequeña aguja que estaba ahí y rascó una de las líneas para analizarlas, mientras lo hacía no pasaba nada, estaban muy fijas a la uña, pero insistió un poco más, y una pequeña parte de esta se desprendió. Así, él se dio cuenta de que habían sido pintadas por alguien, o por algo y no venían de adentro. "¡No lo puedo creer! —comentó Martín—. ¿Cómo ha podido ser esto? ¿Qué es? ¿Cómo han llegado a mis dedos? Para que alguien lo hiciera, tendría que haber entrado a mi habitación mientras dormía, encender la luz, sentarse en mi cama, tomarme el pie y hacerme estas rayas perfectas en mis dos dedos sin que yo me despertara. ¡Es imposible! ¿Quién pudo haber sido? ¿Qué es esto? Martín empezó a sacar conclusiones. Tal vez ha sido la mujer policía que está aquí, en mi casa, en la recepción, que por cierto está muy guapa y se parece mucho a mi mamá… Imposible también. ¿Con qué fin lo haría y para qué? A menos que alguien se lo hubiera pedido, o que estuviera inmiscuida en algo que me esconden, o que les da miedo que me entere yo quién soy en realidad, y no saben cómo decírmelo y me han dejado este mensaje para que yo lo descifre, cosa que no puedo aún. ¿Pues qué mensaje es este? Yo sé que este es un gran número y me gusta que lo hayan relacionado conmigo, ¿pero qué más hay detrás de esto? O tal vez han sido otras personas que me estén vigilando desde otros mundos… Después de todo lo que he visto por Internet, no lo sé, pero creo que esto es lo más probable, la verdad es que siempre he sentido esta presencia detrás de mí, como una verdad y no como la locura. Pues si fuera Dios mismo, ya me lo hubiera dicho, cosa que no ha hecho hasta la fecha. A menos que yo mismo me lo haya hecho, pero encuentro totalmente increíble haber hecho eso dormido, con esa precisión, y con qué material, con qué tinta, ya he buscado por todos lados a ver si había una pluma roja y nunca la encontré, sé que no había una en toda la casa, y si ha sido así, tendría que haberlo hecho dormido y a la vez consciente de hacerlo bien, han sido hechas perfectamente sin ningún titubeo de la misma medida todas, a la misma distancia; si lo hubiera hecho yo, tendría que haber tirado la pluma por la ventana para que yo no me descubriera de mí mismo con la conciencia de que estaba haciéndome esto, ¡vamos! Como si fuera dos personas al mismo tiempo esa noche. Imposible. ¡Dios!, ¿quién me ha hecho esto? ¿Qué siginifica? ¡¿Quién soy yo?!, quién sabe qué hay detrás de todo esto. Algún día lo sabré, me será revelado, y si no me lo dices tú, padre, manda ya a un ángel que me lo diga ya, por favor. No lo sé, pero algún día encontraré la respuesta y no de manos de los profesionales que seguramente me querrán llenar de medicamentos mi cabecita sin importarles dañarla, su ignorancia en su afán por jugar al doctor es algo que hay que saber reconocer, temer y alejarse. Lo que sí sé es que esto nunca lo olvidaré, llevaré ese gran número tatuado en mi mente como una de las cosas más maravillosas que me han sucedido jamás, ¡y vaya que son muchas!, como una bendición".

Después de tomar el baño y haber meditado y asimilado ese hecho asombroso, se vistió y se acercó a la ventana. Miró por un instante el cielo y dio un brinco para salir volando. Su vuelo fue decidido. Se alejó despacio. Durante los primeros metros se fue contemplando la Ciudad de México, sorprendido por lo grande que era. Atravesó las nubes y después de esto salió disparado hasta el espacio. Una vez llegado ahí, se detuvo y se quedó contemplando la Tierra con la cara que ponen los padres al ver a sus hijos dormidos, mirando sus piecitos y sus naricitas. Estaba maravillado por lo que veía. Lo más sorprendente de todo era que Martín no necesitaba oxígeno para respirar; él ya respiraba lo que hubiera. Estuvo ahí unos tres minutos más y regresó a la Tierra en un vuelo lento, hasta que atravesó las nubes de nuevo. Después aceleró y se fue rumbo al golfo de México, hacia las playas Chichén Itzá, tenía pensado hacer un viaje largo, pero le tomó solo minutos. Una vez allí decidió divertirse un poco y aceleró el vuelo al parecer sin rumbo fijo. Ya más adelante, mar adentro, por momentos se sumergía en el agua para disfrutar de toda la fauna y flora marina. Increíblemente Martín también podía bucear a gran velocidad. En un momento dado, cuando vio a unos delfines, se acercó a ellos para nadar a su lado, mejor dicho para imitarlos entrando y saliendo del agua, haciendo piruetas asombrosas. Más adelante lo sorprendió una tormenta muy fuerte, que disfrutó como un niño. Sin dudarlo se metió en ella volando por las nubes y por momentos bajando a ras del mar. El viento violento y las ráfagas de lluvia no eran ningún problema para él, de hecho por eso había entrado a la tormenta: para sentir la fuerza de la madre naturaleza. En un momento dado, mientras volaba, un rayo gigante impactó contra su pecho. Martín se estiró y dio un grito emocionado, sacudiendo su cabeza mientras seguía volando, por supuesto sin sufrir ningún daño. Entonces aceleró su vuelo, esta vez a la velocidad del sonido, hasta llegar al mar Mediterráneo. En cuestión de minutos, volvió a ver tierra y gritó: "¡Tierra a la vista!".

Se fue acercando poco a poco hasta poder ver una ciudad que aparecía. Emocionado, gritó: "*¡La meva mare!*". "¡Mi madre!", en catalán. Claro, se acercaba al puerto de Barcelona, Cataluña. Llegaba a España, la Madre Patria. Se fue aproximando hasta llegar justo al monumento a Colón, al cual saludó cuando pasó frente a él: "¡Hola, Colón! ¡Gracias!".

Siguió volando ya a baja velocidad. Atravesó el Barrio Gótico mientras observaba sus callejuelas intrincadas y misteriosas hasta llegar finalmente al Palacio de los Reyes Católicos. Ahí aterrizó. Lo primero que pensó cuando vio el lugar fue que ya había estado antes ahí, y suspiró. Se dispuso a dar un paseo por el Barrio Gótico. Casualmente, había poca gente. Se fue caminando mirándolo todo, hasta llegar a la catedral. Cuando la vio, se puso muy alegre. "¡He vuelto!". Estaba feliz.

Siguió andando, emocionado de estar en Barcelona, en sus calles y en sus plazas, por alguna razón sentía que su corazón era catalán. Parecía —o más bien era un hecho— que de alguna manera Dios intervenía de vez en cuando para que Martín no estuviera tan acosado por la gente y pudiera pasar casi inadvertido en lugares públicos que generalmente eran muy concurridos. ¿Quién puede imaginar la plaza de la catedral de Barcelona al mediodía y sin gente? Imposible, a menos de que sea un domingo temprano de invierno, cosa que no era así en este caso. Ya en todos lados se comentaba que lo mejor sería dejar a Martín cumplir con su labor, que no se lo molestase, para que estuviera a gusto, así que se le había sugerido a la gente por todos los medios que no lo acosaran tanto, cosa que no sucedió jamás, solamente en algunos momentos como este y cuando Dios lo deseaba. Mientras atravesaba la plaza, y con la mirada fija en la catedral, suspiraba y comentaba "¡Soy feliz!", la poca gente que había ahí notó su presencia. Pronto lo reconocieron y empezaron a grabar y a subir sus videos a YouTube. En cuestión de minutos, el mundo se enteró de que Martín estaba en Barcelona. Minutos después él llegó hasta la plaza San Jaume y se paró en el centro de esta. "¡Qué lugar!", dijo.

Se quedó mirando el Palacio de la Generalitat por un momento. Sin dudarlo, caminó hacia él. Llegó al portal y se quedó parado ahí esperando a alguien que en ese momento supo lo recibiría. Entonces se abrió la puerta, y apareció un hombre. Le dijo:

—Don Martín, qué gusto conocerlo. Bienvenido a Barcelona, yo soy su asistente, sígame, por favor.

Martín, sin decir nada, lo siguió. Caminaron por el palacio hasta llegar a una puerta de doble hoja y se pararon frente a esta. El señor abrió la puerta derecha, y entraron. El hombre le comunicó:

—Esta es su habitación; espero que todo sea de su agrado.

—Gracias —le respondió Martín, mirando su cara, que le parecía un tanto particular.

El hombre se dio vuelta y salió de la habitación. Martín, al verse ya solo, pudo observar que era una estancia grande; más bien era un salón, con una cama en el centro. Era espectacular. Estaba llena de esculturas y pinturas románico-catalanas. Le gustaron mucho. Había también una mesa con el desayuno: leche, pan, fruta y café, y aunque era la hora de la comida, Martín se dispuso a desayunar hasta que se terminó todo. "Qué bueno que me han dejado algo de desayunar —comentó para sí—, no había tomado más que un jugo de naranja". Acto seguido, se puso a trabajar. De nuevo, sacó su computadora, se tumbó en la cama y empezó su labor. Esta vez se lo veía tranquilo. Ya no puso mala cara como la noche anterior. Parecía que las diez horas de sueño habían curado el trauma de haber visto toda la información que Internet le proporcionara. Ahora estaba tranquilo. Así, después de trabajar unas tres horas, dejó de hacerlo, se puso de pie y se dirigió a la ventana; la abrió, miró hacia el cielo y salió volando por la calle Ferrán. La recorrió toda hasta llegar a las Ramblas. Subió por ellas hasta llegar a la plaza Cataluña, cruzó la plaza y de ahí fue al Paseo de Gracia, hasta llegar a La Pedrera, parado frente a esta por un momento pensó que parecía un sueño marino. La miró un instante más y de ahí se fue hasta la Sagrada Familia. Fue un *tour* muy rápido, pero él no perdía detalle de nada. Cuando llegó ahí, mientras volaba por encima de ella, Martín observaba con la mirada de un águila, sin dejar pasar nada, todo tenía importancia para él, todo lo miraba con el ojo del arquitecto que también era. Finalmente aterrizó en la plaza de la *Sagrada Familia*, casualmente había poca gente, cosa que por un momento él agradeció. Mientras miraba la *Sagrada Familia*, asombrado pensó: "Cómo me gustaría que nadie me conociera, que nadie pudiera verme, para estar tranquilo a solas". En ese momento Martín se desintegró, ¡sí!, desapareció sin más, en realidad no se desintegró, tan solo desapareció, él no se había dado cuenta hasta que unas personas que pasaban junto a él ni siquiera lo miraron, entonces, sorprendido por ello, exclamó "¡Soy invisible! ¡Soy invisible!". Día a día Martín quedaba sorprendido por las cosas que podía hacer. Se quedó unos minutos contemplando la obra de arte, parado frente a esta pensó "Es de lo más complicado que he visto, me gusta mucho". En ese instante volteó para un lado y pudo ver a una muchacha que iba caminando por la banqueta, era una chica muy guapa, rubia y de ojos azules, el viento acariciaba su cabello, el sol acentuaba el azul de sus ojos, y su contoneo al caminar era una melodía sensual que llegaba a todos lados. Martín entonces giró para el otro lado de la acera y pudo ver que también iba un hombre de muy buen tipo, un castizo mexicano muy gallardo, con la mirada fija en la muchacha, los dos siguieron caminando hasta que se encontraron, se cruzaron junto enfrente de él. Martín vio cómo intercambiaban miradas el uno con el otro, ella con la frente en alto, altanera y coqueta. Él agachó un poco la cabeza haciendo una pequeña reverencia con una sonrisa. Inmediatamente después de cruzarse, el hombre dio media vuelta y la miró de arriba abajo echándose un poco hacia atrás, sin dudarlo empezó a caminar detrás de ella lentamente. Unos pasos más adelante, la chica se detuvo, giró, lo miró de reojo y siguió caminando. Él al ver esto aceleró el paso para tratar de alcanzarla. Martín, un poco sorprendido, comentó para él: "¡Vaya!, qué manera de cortejar a una dama, qué fácil es todo ahora, qué divertido. ¿Quiénes serán estos dos? ¡Yo quiero saber qué pasa!". Así que empezó a seguirlos. Finalmente la chica paró y se sentó en una banca que estaba ahí, segundos después el hombre llegó hasta ella, la miró y le sonrió.

—¿Puedo sentarme? ¿Me permites acompañarte? —le preguntó.

—Sí —contestó la mujer inmediatamente, sin titubear.

La verdad es que el chico tenía un tipazo. Entonces Martín corrió un poco y se acercó a ellos todo lo que pudo, casualmente había un árbol pegado a la banca, el cual le había servido de resguardo, se quedó calladamente para escuchar emocionado lo que pasaba.

—¿Cómo te llamas? —preguntó el chico.

—Mi nombre ser Liberti Dreams —contestó ella un tanto sonrojada.

—Mucho gusto, Liberti. Yo me llamo Emiliano Zapato.

—Mucho gusto, señor Zapato —respondió ella, mientras lo miraba con sus ojazos azul celestes.

—¿Qué haces en Barcelona? —le dijo él.

—Yo *estarws* de vacaciones.

—¡Ah, qué bien! Yo también. ¿Cuándo llegaste?

—Yo ya *tenewrs* un mes aquí, esta *serws* una ciudad muy *herwmosa*, no pensar *quedarws* por tanto tiempo.

—Vaya —le dijo él—, yo ya llevo viviendo aquí más de seis años, llegué de vacaciones, y esta maravillosa ciudad me atrapó, estoy encantado de vivir aquí, es un lugar estupendo. ¿De dónde eres? Yo soy mexicano. Por tu acento imagino que eres de...

En ese momento ella lo interrumpió y le dijo que era de América, él se quedó un tanto desconcertado.

—¿Cómo?

Entonces ella le preguntó:

—¿Has estadouw en América?

—Claro que he estado en América.

Entonces Emiliano la miró intensamente y le dijo:

—¿Pero de qué país de América eres?

En ese instante la cara de Liberty cambió, se empezó a ver un poco incómoda, un tanto alterada y asustada a la vez.

—¡Vamos!, como que te cayó una cubetada de agua fría en la cabeza. ¿Qué pasa? —preguntó Emiliano—. ¿Te encuentras bien?

Ella se quedó callada, desconcertada por un momento, Emiliano insistió y le volvió a preguntar de qué país de América era.

—¡Soy de los Estados Unidos!

—¡Ah ya! —le dijo él—. Mira qué casualidad, ¡los dos somos americanos!

Ella abrió los ajos muy grandes sin decir nada, como atontada, él le preguntó:

—¿Pero qué pasó? ¿Por qué estás tan nerviosa?

—Yo soy americana, y tú serws mexicano —contestó ella ya enojada—, ¡eso es todo! ¿Por qué dices que tu serws americano, si tu nacerws en México?

—Bueno, porque México está en América —le contestó Emiliano.

—¡No! —le dijo ella—, estárws en Sudamérica.

—Perdona —respondió él—, pero estás equivocada. ¿Eres de América y no sabes lo que es América? Yo soy norteamericano latino. ¡Pero qué ignorancia!, ¡México es Norteamérica! ¿No lo sabías?

Y claro que lo sabía, nada más que ya no sabía qué decir con tal de salir del problema. Entonces Liberty empezó a mirarlo con desprecio, Emiliano puedo ver que ya no se veía tan guapa, su cara poco a poco se empezó a desfigurar como si se quisiera esconder de sí misma, ella sabía que su belleza ya no era un arma para defenderse y trató de disimular.

—Lo entiendo —dijo él—, te sientes un poco mal por esto, ¿no?

—¡Tú serws el que está mal! —dijo ella.

—No, perdona —respondió él—, a mí no se me está desfigurando la cara como a ti, ¿por qué te has puesto así? Ya lo entiendo, qué pena, siento que tengas que cargar con esto, con esta verdad oculta que les molesta tanto a ustedes, los gringos, te sientes un poco incómoda por el hecho de que somos americanos, y tú piensas que nada más tú lo eres, que tu país es

América. Pero dime una cosa: ¿cómo es posible que un país se llame a sí mismo con el nombre del continente en que vive?, ¿no crees que eso está mal?, ¿que se presta esto para malos entendidos?, ¿que el mundo podría pensar mal de ustedes? ¿En qué momento tus antepasados decidieron llamarse así, y por qué? ¡Ignorar a todos países de América! Ha sido una falta de respeto de su parte para todos nosotros, por no decir otras cosas. Si te fijas bien, en realidad los Estados Unidos de América no son más que una situación geográfica, solo es eso. Un país con unos estados que están en el continente americano, nosotros también somos eso, estamos en la misma situación geográfica, los mexicanos somos los estados unidos mexicanos norteamericanos. ¿Y ustedes qué?, ¿los estados unidos de América de qué? ¿No crees que hace falta algo más? Si te pones a pensar, a ustedes les falta ponerle un nombre a su país, como todos los países de América tienen el suyo, por ejemplo Argentina, Brasil, Venezuela, Perú, Chile México, Canadá. Yo creo que están a tiempo de hacerlo, creo que ustedes estarían más tranquilos, ¿no lo crees? Así ya podrán usar un solo nombre y no andar viendo cuándo usan USA o AMÉRICA, por aquello de la conciencia americana, ¿no te parece? Por ejemplo, en el concurso de Miss Universo, cuando compiten ustedes por la corona, cuando llaman a su participante, no dicen "Con ustedes, ¡señorita miss América!", no, ¿verdad? ¡No es posible! Ustedes mismos lo entienden. O dime qué sienten ustedes o piensan cuando se organizan los juegos de futbol de la Copa América y son invitados, ¿no se sienten extraños, incómodos? O contéstame a esto, la casa de América que está en Madrid, ¿es la casa de ustedes? Para terminar más rápido, ¿por qué no cambian el nombre "USA" en el mapa mundial y en lugar de esto ponen "América"? O en la frontera de México, donde nos saludan diciendo "Bienvenidos, USA", ¿por qué no ponen "Bienvenidos a América"?, sería imposible, ¿no lo crees? Imagina lo que se les vendría encima. Ustedes viven en América, pero no son América, todos nosotros somos América, yo soy latinoamericano, y tú, angloamericana, eso es todo. Después se inventó todo ese cuento de las Américas, que es puro racismo, y una tristeza para nosotros, porque cuando queremos hablar de América, no podemos incluirlos a ustedes, siempre tenemos que estar hablando de Latinoamérica, Sudamérica, Centroamérica y qué sé yo, cuando todos somos americanos. Imagina que los españoles hubieran hecho lo mismo y hubiesen puesto "Europa" como nombre a su país y anduvieran por el mundo preguntando a la gente si han estado en Europa refiriéndose nada más que a ellos. Pues no, ¿verdad? O dime tú: los latinos que nacen en EUA ¿qué son?, ¿latinoamericanos americanos? ¿No te parece extraño y confuso todo esto? O dime tú si Cristóbal Colón los descubrió a ustedes.

—Bueno, estárw bien —dijo Liberty—, ya no me atorwmentes más, por favorws. ¡Calla, calla!

—Bueno, pues ya ponle un nombre a tu país.

—Sí, estárw bien, lo haremos, lo prometo, pero ya no quererws seguir con esto. ¡¡¡Dolerws mucho!!!

—Pues ya lo saben: tienen una oportunidad de quedar bien con el mundo y con ustedes mismos, ya lo han hecho muchas veces, pero en esta ocasión sería con un acto de humildad.

Apenas Emiliano terminó de hablar, Liberty le dio una bofetada. Él, sorprendido, exclamó:

—¡Oye, tranquila!, ¿por qué eres tan agresiva? ¡Como los policías de allá, de América!

Ella se levantó y se marchó, él se llevó la mano a la mejilla y suspiró, se puso de pie, vio cómo se alejaba y le gritó:

—¡Espera!, ¡aun así me gustas mucho!

Martín, que había mirado y escuchado todo, sorprendido, con el ojo cuadrado, se quedó ahí pensando: "¡Vaya!, cómo han cambiado las cosas, nunca me hubiera imaginado esto, este conflicto americano. Creo que después de todo Emiliano tiene razón, no ha sido buena idea de los gringos apropiarse del nombre de 'América', ¡vaya lío!'". Mientras, veía cómo los dos chicos se alejaban cada uno por su camino, pero inevitablemente juntos de por vida. Martín se quedó solo. En ese momento decidió materializarse, en un par de segundos lo hizo y se fue caminado hasta la entrada de la catedral para saludar a todos.

Para eso, los medios ya habían informado que Martín estaba en Barcelona, todos empezaron a verlo por YouTube. En la *Sagrada Familia* la gente que empezó a verlo cuando decidió integrarse inmediatamente corrió a su lado. Quería saludarlo, tocarlo, y así fue. Era la primera vez que Martín saludaba de mano y besaba a las personas. La gente gritaba, y Martín los saludaba. Pasaron unos minutos, Martín se despidió de todos y voló de nuevo, consciente ahora de que era capaz de desaparecer. La experiencia que había disfrutado al ser testigo de la charla entre los dos chicos que se habían encontrado hacía un rato no dudó en repetirla, le pareció muy interesante ver el trato entre la gente, las cosas que sucedían en este tiempo y sus preocupaciones, el hecho de poder estar ahí presente sin que nadie lo viera y tratar se sentirse integrado a los problemas de la actualidad le agradó mucho. Decidió entonces tomarse un tiempo y tratar de repetir la experiencia. Se desintegró de nuevo y fue a un lugar para descansar un rato y escuchar lo que acontecía en el día a día de la gente. Emprendió el vuelo y regresó a Paseo de Gracia. Una vez ahí entró a un café, pudo ver que había varias mesas desocupadas y se sentó en una de ellas. Segundos después, un par de señoras entraron al lugar, eran dos señoras jóvenes, de no más de cuarenta años, que tomaron asiento exactamente junto a él. Sin hacer un solo ruido, Martín las observó. Él podía desaparecer a voluntad, mas podía hacer ruido y mover cosas, por eso tenía que ser cuidadoso. Las mujeres llamaron al mesero, pidieron un café americano, e inmediatamente empezaron a charlar. Una de ellas le comentó a la otra lo alegre que estaba por verla después de tantos años.

—¡Qué gusto me da verte, Roberta!, ¡no has cambiado casi nada!

Martín pudo darse cuenta por su acento de que era mexicana. La amiga le contestó:

—A mí también me da mucho gusto verte, Antonia, y saber que estás de vacaciones en Barcelona.

Al parecer Roberta era mexicana también, pero su acento ya no, ella ya llevaba muchos años viviendo en Barcelona y se había integrado perfectamente.

—¿Cuántos años hace que estás viviendo aquí? —le preguntó Antonia.

—Ya son seis años los que tengo aquí —dijo Roberta.

—¡Qué bien! Imagino que estás feliz, te veo muy desenvuelta en Barcelona.

—Sí, estoy feliz, creo que nunca regresaré a México, yo ya soy catalana, ¡amo esta ciudad!

—Me alegro por ti.

—Gracias, Antonia yo te veo muy feliz también.

En ese momento llegó el mesero con el café que habían pedido, lo dejó en la mesa y les dijo:

—Qué guapas son ustedes. ¿Sois de aquí?

—No —contestó Antonia—, ¡somos mexicanas!

Entonces Roberta interrumpió y dijo que ella era catalana. Pero inmediatamente se corrigió expresando que no era cierto, que era mexicana también, pero que ya su corazón era catalán. El mesero sonrió un poco y le dijo que le daba gusto ver cómo un corazón enamorado podía cambiar tanto, que se alegraba, y se retiró. Ellas le dieron un pequeño sorbo al café, e inmediatamente Antonia le dijo a Roberta:

—Óyeme: ¿qué tal el regreso de Martín Cortés? ¡Qué increíble!, ¿no?

—Sí —contestó Roberta—, yo aún no lo puedo creer. Es extraordinario lo que estamos viviendo. Ya era hora de que alguien pusiera orden en la Tierra, gracias a Dios.

—¡Y qué guapo es Martín! —opinó Antonia.

—Guapísimo, un tipazo de hombre —coincidió Roberta—, aunque me da la impresión de que es un hombre muy solo. Bueno, mujer, un hombre con tantas bendiciones seguramente lo está, no ha de ser fácil estar a su lado. Pues yo no tendría ningún problema en ser su amiga, es justo de gente como él de la que me gustaría estar rodeada. ¡Brindemos por Martín! ¡Ya era hora de que México le diera una alegría al mundo!

Tomaron sus cafés y brindaron como suele hacerlo la gente emocionada: en el momento, con lo que se tenga a mano.

—¿Y cómo ha ido todo? ¿Extrañas México?

—Bueno, un poco—dijo Roberta—, aunque déjame decirte que aquí también se cuecen habas.

—¿Qué quieres decir? —preguntó Antonia.

—Que no nada más en México he pasado disgustos.

—Bueno —dijo Antonia—, casi lo olvidaba, recuerdo cuando nos veíamos en México, los disgustos que pasabas a cada rato, por una cosa o por otra. La verdad es que por momentos pensaba que exagerabas un poco, pero después me quedaba pensando y me daba cuenta de que al final siempre tenías la razón. ¿Por qué será que siempre tienes la razón?

—Pues porque me preocupo por los demás, por que sean felices y por quererlos en verdad, eso es la amistad, muchas de las personas andan mal porque nada más piensan en ellas mismas, no han encontrado el significado de la vida y no son felices, ¡por eso siempre tengo la razón!

—¡Claro!—dijo Antonia—, ahora recuerdo lo firme que eras en tus ideales, ¡ya veo que sigues siendo la misma!

—¡Sí!, y no cambiaré —dijo Roberta—, creo que con los años me he vuelto más enérgica en algunas cosas, ¡de hecho ya ni te cuento el disgusto que acabo de pasar hace unos días!

—¿Qué pasó? ¡Cuéntame!

—Claro, te contaré, así me desahogo un rato y de paso te hago saber las cosas que he resuelto, mis investigaciones y mis aportes a este mundo. Seguramente te servirán para cuando te veas envuelta en un momento parecido al que yo he vivido.

—Cuéntame, te escucho, la verdad siempre me ha gustado hacerlo.

—Pues mira. Resulta que el otro día me dio por hacer una pequeña remodelación en casa, después de años de tener los mismos muebles y las mismas cosas, decidí cambiarlas. Me puse a pensar qué podía hacer. Lo primero que decidí fue cambiar el sofá del salón, después, claro, me dije que tendría que cambiar las cortinas también. Así que empecé a buscar las cosas por diferentes tiendas. ¡Cómo me divertí haciéndolo! Después de unos días de andar buscando, encontré el sofá. No sabes qué suerte tuve, encontré uno de estilo inglés, de esos que tienen rueditas al frente, siempre quise uno así, pues ahora ya lo tengo, qué alegría me dio comprarlo. Pues ya emocionada, también compré más cosas, un par de sillones, mesitas de centro, tapetes, candiles y objetos para decorar. Después me fui a buscar las cortinas, que era lo que más me hacía ilusión comprar. ¡Tú sabes lo importantes que son las telas en un hogar! Pues bueno, cómo he caminado, me he ido de tienda en tienda, pero sin suerte. En algunas había, pero no eran del todo de mi agrado, de hecho la primera a la que he ido fue El Corte Inglés, y no las encontré, cosa que me extrañó.

—¿Cuáles querías? —quiso saber Antonia.

—Me quiero hacer unas cortinas de damasco en seda.

—¡Ah!, qué bien —dijo Antonia—, me encanta esa tela a mí también. ¿Y no la has encontrado?

—¡No!, fíjate que no.

—Vaya, qué extraño, quizás tengas que seguir buscando.

—¡Claro!, pero déjame, te sigo contando. Una noche, ya acostada, me quedé pensando: "Bueno, ya que estoy por acá, en Europa, ¿por qué no me voy a Damasco a comprarlas y de paso me doy un paseo por África, por esos lugares que tanto he visto en las películas de la tele?". Para ese entonces era finales de verano, yo generalmente suelo hacer un viaje en esas fechas, ¡y pensar en hacer mis vacaciones de verano en estos lugares me apareció una idea estupenda! Ir a Damasco a comprar mis telas haría que mi verano fuera inolvidable, caminar por donde anduvo Jesús de Nazaret me hizo mucha ilusión, estaba muy emocionada. Finalmente me quedé dormida. Pues esa noche tuve un sueño que me encantó, estaba yo arreglándome en el tocador de una habitación, me puse de pie y caminé hacia una ventana, cuando llegué ahí pude ver que me encontraba ya en Damasco, era un día hermoso. Segundos después, ya andaba caminando por unas calles llenas de tiendas, de cosas maravillosas, había tapetes hermosos por todos lados. Yo iba subida en un camello, un hombre de turbante me acompañaba a pie y me guiaba.

—¿Y no tenías miedo? —preguntó Antonia.

—¡No! —para nada. Él sabía exactamente lo que quería. Yo confiaba ciegamente en él, aparte de eso estaba guapísimo, ¡y por si fuera poco hablaba castellano! ¡No me iba a negar! Todo era perfecto. Después de caminar un rato, llegamos a una callecita muy mona, inmediatamente las personas al verme se empezaron a acercar a mí con telas exquisitas. Asombrada y feliz, bajé del camello y me fui de prisa a tocarlas, iba de tienda en tienda, ¡cada vez eran más bonitas! Y así, conforme por donde iba pasando, me lanzaban las telas para que pudiera verlas y acariciarlas. En ese momento, no sé cómo sucedió exactamente, tomé una de ellas y me envolví, entonces pude verme en un espejo que estaba ahí, sin querer me hice un modelito que jamás me pude imaginar. ¡Vamos!, ¡que ni el mismísimo Karl Lagerfeld lo hubiera podido diseñar! ¡Estaba completamente feliz! Todos me miraban, me sonreían y me aplaudían, mientras yo los saludaba con mi estilazo, tú ya sabes: nada más caminar, y todos giran para verme, ¿no?

—Sí, claro, ya lo sé—dijo Antonia—. Siempre que salíamos juntas, era una película contigo, ¡pero sigue!

—Claro, en ese momento un ruido me despertó, y me di cuenta de que todo había sido un sueño. ¡Fueron tales mi tristeza y mi nostalgia al ver que no tenía ninguna de las telas y que todo había sido un sueño! Me dije "¡Esto no puede ser! Esto no se quedará así, yo quiero mis cortinas. Ahora me voy a Damasco". Inmediatamente me levanté, desayuné, me arreglé y me fui a una agencia de viajes que estaba cerca de casa a comprar un boleto de avión, preparar mi viaje a Damasco y hacer mi sueño realidad. Minutos después ya estaba en la agencia, me recibió una chica muy amable, no había gente, era temprano, ella me invitó a tomar asiento, me dio los buenos días y me preguntó a dónde quería viajar; yo, muy emocionada, le conté la historia de mis cortinas y el sueño que había tenido la noche anterior. Ella me escuchó paciente y con atención, un tanto sorprendida, una vez que terminé de contarle, le pregunté cuándo podría salir, le dije que quería que fuera lo antes posible, ella me dijo "Un momento" y miró el ordenador, mientras lo hacía, yo le comentaba que también quería reservar un hotel. "Claro —me dijo la chica—, ahora lo vemos". Pasaron unos minutos y me dijo que ya tenía las fechas del vuelo y el hotel, que estaba segura de que me encantarían. Yo estaba muy entusiasmada. La mujer me dio entonces los datos, y yo le dije que estaba perfecto, todo era para el lunes siguiente. "Qué maravilla, por fin tendré mis telas, mis cortinas de Damasco, que tanto he buscado". Le dije a la chica que hiciera las reservas. En ese momento me levanté y sin querer empecé a bailar por toda la agencia mientras daba vueltas canturreando "¡Damasco, mis cortinas! ¡Lalala! ¡¡¡Damasco!!!". Entonces la chica me dijo que ya estaba, que ya había hecho las reservas, que esperaba que la pasara muy bien. Pero me advirtió una cosa, en un tono serio, pero medio burlón: "¡Pues a ver si regresa! Bueno, seguramente regresará, pero tal vez con los pies por delante. ¿No ve usted las noticias? ¿Cómo va a ser su forma de pago?". En ese momento sentí que me daban con un palo en la cabeza. ¿Qué? ¡Pero claro!, pues si estaría tonta, no había pensado cómo estaban las cosas allá, ¡solo a mí se me ocurría irme sola a ese lugar! ¡No podía ser! ¡Nunca había pensado en eso! Así me lamentaba. ¡Mis vacaciones de verano truncadas! ¡Y mis cortinas también! Pero junté coraje y le dije a la chica que viajaría igual. Ella me dijo "¿Está usted segura? ¿Por qué no lo piensa un poco y regresa más tarde?, tal vez pueda conseguir sus cortinas en otro lado, ¡estoy segura que así será!". Me quedé mirándola con mi cara planchada y los ojos caídos. Le dije que estaba bien, que lo iba a pensar un rato. Estaba desolada. Me despedí. Salí de la agencia y me fui caminado triste por la realidad. Después de un rato de andar caminando sin rumbo, pensé que nadie me quitaría mis cortinas de Damasco ni mis vacaciones de verano, y me dije "Bueno, ¡que me voy de vacaciones, me voy!". En ese instante, Dios me iluminó, y me acordé de París. ¡Claro, París! ¡Me iría a París, que me gustaba tanto y que ya extrañaba! Hacía un tiempo que no iba, seguramente ahí encontraría mis cortinas. ¡Claro que las encontraría! ¡Oh, claro que lo haría! ¡Sí! Inmediatamente me di vuelta y regresé a la agencia de viajes para arreglar todo. La chica me recibió de nuevo con una sonrisa. Me senté y le comenté mi cambio de planes, le expliqué que mejor me iría a París. Ella me felicitó, me dijo que era una idea estupenda y se dispuso a hacer las reservaciones. Por un momento sentí que me desvanecía, pensando para mí "¡Mis cortinas! ¡Mis cortinas! ¡¡¡París!!!"0, con la boca entreabierta miraba de un lado a otro, por un momento encontré la paz.

—Bueno, pero sí que eres un caso especial —le dijo Antonia.

—Finalmente me dio todos los datos. Mi boleto y el hotel. Le pedí que quería quedarme cerca de Montarte, y así fue. Me dio una habitación en un hotelito muy simpático cerca de ahí. Pues entonces pagué todo y me despedí de ella. Me deseó feliz viaje, dijo que esperaba verme por ahí de nuevo, que tuviera suerte con las cortinas. Yo le agradecí los buenos deseos y la advertencia acerca de Damasco sola. Finalmente nos despedimos. Mi viaje era el lunes por la tarde de la semana siguiente, y ya era sábado, tenía un par de días para preparar todo. Me fui a casa ilusionada por mi viaje y me dispuse a hacer los preparativos, escoger la ropa, los zapatos, los accesorios y demás que me llevaría. Claro, no muchas cosas, para comprar mis modelitos allá. Ya en la noche dejé las maletas hechas y recostadas para que la ropa no se arrugara, para que ya estuvieran listas en cuanto quisiera salir tranquila, sin la prisa de hacerlas a última hora. Parecían muchas cosas las que llevaba conmigo, la verdad era que gran parte de una de las maletas la ocupaba mi almohada de cuerpo completo que desde hace muchos años me acompaña a todos lados.

—¿Qué? ¿Viajas con tu almohada? —preguntó Antonia.

—¡Claro! Y antes también llevaba mis sábanas, pero esas ya no. En fin, así pasé todo el día, hasta que llegó la hora de ir a dormir. Me acosté y me quedé pensando en lo mucho que me gustaba París y en lo bien que lo pasaría, la ilusión que me hacía encontrar mis cortinas ahí fue la pastilla para dormir más placentera que haya tomado jamás. Al día siguiente me desperté un poco tarde y almorcé algo, después me puse a ver la tele, tumbada en la cama, así pasé casi todo el día. Por momentos me iba al salón, me sentaba en el sofá nuevo y me quedaba mirando la ventana, imaginando mis cortinas ya colgando, lo bonitas que se verían y más que nada lo feliz que me harían. Para una solterona como yo, que no tiene ni perro que le ladre, porque está prohibido tener animales en este edificio, unas cortinas de Damasco de seda pueden ser una gran felicidad. Te quiero aclarar que esto no quiere decir que no encuentre la felicidad de otra manera que tan solo comprando cosas, ¡no!, yo soy muy feliz en el fondo conmigo misma, las cosas materiales son una muletilla en esta vida y tampoco no pasa nada, tengo la cabeza bien amueblada desde niña, esto no me quita ninguno de mis valores mis virtudes, y tú bien lo sabes.

En ese momento una lágrima rodó desde los ojos de Antonia.

—¿Y tú por qué lloras, mensa?

—Es que me dio un poco de tristeza, amiguita.

—¿Tristeza de qué? ¿De que estoy sola? ¡Para nada! Cuántas veces las personas nos lastiman cuando estamos acompañados o en una relación... Sin embargo, ¿cuándo te ha hecho llorar algún mueble o un candil? Nunca, ¿verdad? A menos que haya un incendio, un terremoto o una catástrofe y lo pierdas todo. Pues tranquila, ya sabes que he tenido cola de novios y de pretendientes, y lo bien que la he pasado. También he conocido el amor, aunque fue fugaz, pero lo conocí, y sé que anda por ahí buscándome. Lo que pasa es que hasta la fecha no he encontrado a alguien que dé el ancho. Pues mírame aquí sola y feliz. Si estás triste porque no me he casado y no he tenido hijos, pues te puedo decir que mejor no formar una familia si no estás segura de estar enamorada, al fin de cuentas es un tormento para todos, los hijos mal queridos, abandonados, maltratados, y tú aguantando a alguien a quien no quieres, a quien no amas, haciendo daño y haciéndote daño. No, Antonia, mejor sola, mejor sola. Pero bueno, déjame que te sigo contando, y ya quita esa cara, que tú estás igual.

—Pues sí —dijo Antonia—, por eso he llorado, tonta.

—Lo sé, amiguita, lo sé.

Y se dieron un pequeño abrazo.

—¡Está bien! —dijo Antonia—. ¡Sigue contándome!

—Claro —dijo Roberta—. Pues ya el lunes por la mañana, me levanté de la cama, desayuné y me arreglé, luego pedí un taxi para que me llevara al aeropuerto.

—¡Dios mío! ¿Viajas con tu almohada? —le preguntó de nuevo Antonia.

—¡Sí!, no puedo dormir sin ella, estoy tan sola, que a veces es mi única compañía, de hecho me duermo abrazada a ella y no la suelto hasta que me despierto, hasta nombre le he puesto.

—Ah, ¿sí?, ¿y cómo se llama? —quiso saber Antonia.

—Se llama el Ñañi. ¡Dios! Si no fuera por mi ñañote, yo no sé qué sería de mí en esas noches largas y frías.

—¡Ya! —dijo Antonia—, te entiendo.

Mientras, terminaban de tomar el café. Entonces Roberta le preguntó que si quería tomar algo más.

—Claro —le dijo Antonia—, está muy interesante lo que me cuentas, un mojito no me caería nada mal.

—Bien. Yo pediré algo más también.

Llamaron al mesero y le pidieron el mojito y un carajillo de Baileys. El mesero se marchó para ir por el pedido. Roberta le siguió contando su aventura a Antonia.

—¿En qué me quedé? ¡Ah, sí!, pues finalmente llegué al aeropuerto para irme a París, después de una hora ya estaba ahí. Inmediatamente tomé un taxi que me llevó al hotel donde me quedaría, al llegar pude ver que en realidad era un hotel muy agradable, cerquita de Monmartre, ¡me encantó! Entré, me registré, y me llevaron a mi habitación. Sin desempacar nada, salí de inmediato a la calle a caminar. "Qué maravilla —decía yo—, ¡he vuelto, he regresado!". Mientras caminaba empecé a cantar la canción que le compuse a París.

—¿Cómo? —preguntó Antonia—, ¿una canción? ¿Le has compuesto una canción a París?

—¡Claro! —dijo Roberta—, ¿ya has olvidado que soy compositora?

—No, para nada —contestó Antonia.

—Pues sí, le he compuesto una canción a esa ciudad, y es hermosa, por cierto.

—¿Y cómo se llama? —preguntó Antonia.

—"París, París tu es mon amour", "París, París, eres mi amor".

—¡Qué bonito!

En ese momento llegó el mesero con las bebidas que le habían pedido y las dejó en la mesa, las dos las tomaron y brindaron de nuevo por el gusto de verse y de estar ahí juntas, chocaron sus copas.

—A ver, sigue contándome —dijo Antonia.

—¡Claro!, pues me fui caminando a Monmartre, hasta que llegué frente a ella. Qué, felicidad pude ver París a lo lejos, una vez más empecé a cantar mi canción: "París, París, dame una flor de tu jardín, y al despertar y verme en ti, yo te amaré por siempre".

—¡Ay, qué bonita letra! —dijo Antonia.

—Después caminé y caminé por todos lados hasta que ya no pude más, finalmente llegué a un restaurante que se veía muy bien y me senté en una de las mesas para comer. La verdad, ya era un poco tarde, en el avión nada más nos habían dado un tentempié.

—¿Cómo? ¿Te sentaste encima de la mesa?

—No, tonta, claro que me senté en la silla. ¡Ay, criatura, ya no interrumpas! Eran las seis de la tarde, y tenía mucha hambre, así que comí y comí hasta que me llené. La verdad es que he tenido suerte, la comida estaba muy buena. Después de terminar de comer, regresé al hotel, estaba cansada, en realidad no había dormido mucho la noche anterior pensando en estar ahí, tomé un taxi y regresé al hotel, desempaqué las maletas, tomé un baño y me recosté a mirar la tele; justo estaba sintonizado un canal en el que cocinaban, me quedé mirándolo, ya sabes que me encanta cocinar. Estaban preparando una receta de pescado con salsa de crema y aceitunas que se veía muy rica, y me la aprendí. Después la hice varias veces cuando regresé a Barcelona, pero con el tiempo la he olvidado, lo único que recuerdo ahora es que había que licuar las aceitunas con crema, mantequilla y eneldo y la calentabas un poco al fuego. ¡Yo con el colesterol altísimo, y aquí que les encanta la crema para todo! Bueno, siguiendo con el programa, mientras preparaban el guisado, pasó algo. Al incorporar la crema a las aceitunas que estaban en la licuadora, la invitada —porque tenían una invitada famosa: Inés de la Fresach— encendió la licuadora sin la tapa, entonces toda la salsa voló por el plato. Quedó todo hecho un desastre, y como estaban las cosas en la moda en ese momento, era una escena apocalíptica. Imagínate a Inés, que usaba un traje sastre medio deshilachado, que era lo que se estilaba en ese entonces, la falta de dobladillo en la alta costura, el traje era de era de Chanel y no se veía nada mal, dejó el deshilachado a la medida perfecta para que se viera elegante y novedoso. Esta moda sorprendió un poco cuando salió, pero Chanel lo hizo con discreción, cosa que no hicieron otros, y las personas prácticamente llevaban hilachos colgando.

—¿Cuándo nos íbamos a imaginar que llegaría a pasar esto? —dijo Roberta—, ¿que en algunas prendas el dobladillo no existiera en la alta costura y que todo quedara deshilachado? Esto aunado a la estética de los cabellos, ya sabes. En ese momento estaba de moda la mordida de burro o el *look* accidente aéreo. Dios, qué década la de los años dos mil, de hecho hasta los anteojos, las gafas eran feas, unas tiritas de vidrio, nada más. En fin, pues así toda embarrada de salsa con el saco deshilachado y la mordida de burro a todo terminaron de hacer la receta. Imagínate la escena. Yo no sé si soy anticuada en algunas cosas, pero esta moda nunca me ha gustado.

—¿Y para qué me cuentas todo esto? —dijo Antonia—, ¡si ya ni te acuerdas de la receta, que finalmente es lo que más me ha interesado!

—Bueno, para contarte algo más de mi viaje, ¿o ya te estás aburriendo? ¡Pues nada, ahora tendrás que escuchar toda la historia, y sí, la receta la olvidé y ni modo! —dijo Roberta—. En fin, cuando me di cuenta, era la medianoche, y me quedé dormida. Ya en la mañana estaba muy descansada, me arreglé y bajé a desayunar, eran las diez y pensé qué haría. Decidí ir a ver la Torre Eiffel. Tomé un taxi hasta ahí. ¡Cómo me he divertido!, todo precioso, la gente guapísima. Después caminé hasta la plaza de la Concord, y qué te puedo decir, anduve por todos lados, hasta que llegué a la plaza Bandôme. Al verme ahí aceleré el paso, casi corriendo, como una muchacha enamorada, para llegar a las puertas de cartier; y entré sin dudarlo. Una vez adentro, miré una de las vitrinas, de la cual salía un destello de luz que me decía "¡Ven ven!". Caminé con toda mi elegancia hacia la luz, al mismo tiempo que una asistente se acercaba a mí. Yo llevaba puesto un vestido de Crtistian Dior, y aunque ya era viejito, me sentaba estupendamente. Parada frente a la vitrina señalé con el dedo y dije "¡Este!". Era una sortija con una esmeralda del tamaño de un limón, bueno, así me parecía. La chica la sacó y la dejó en el mostrador, yo la tomé y la puse en mi dedo índice, inmediatamente empecé a caminar por la tienda levantando la mano, cantando mi canción. Dejé a todos con la boca abierta, segundos después regresé a la vitrina, me quité el anillo, lo dejé en el mostrador, caminé a la puerta y les dije en un perfecto francés que volvería por él más tarde, que regresaba al rato con mi marido, *merci*, y me fui.

—¡Vaya tú! —dijo Antonia—. ¡Pues ni marido tienes!

—Claro, losé, ni marido y ni la sortija tendré, creo que siempre seré una solterona. Pues finalmente me fui a comer. Pasé la tarde de un lado a otro viendo tiendas, comprando cosas, hasta que me cansé, regresé al hotel y ya no salí.

—Claro —le dijo Antonia—, como siempre que vamos de vacaciones, la misma historia, ¿pero eso es todo? ¿Qué pasó con el disgusto que pasaste? ¿Y tus cortinas?

—Tranquila, que ya viene lo bueno. Al día siguiente, algo me dijo que regresara a Mormartre, y eso hice, pero esta vez me fui por otro lado, quise rodear un poco las calles que iban subiendo, pero antes de que te siga contando, déjame terminar esto.

Roberta tomó el carajillo y se lo bebió de un solo trago.

—¡Tranquila —le dijo Antonia—, que te dará taquicardia!

—¡Bueno, pues qué crees!—dijo Roberta—. ¡Cuál fue mi sorpresa al dar la vuelta en una de las esquinas, pude ver que había decenas de tiendas donde vendían telas! ¡Telas de todos los estilos! Empecé a brincar de alegría, no lo podía creer, inmediatamente entré a la primera que vi y pregunté si tenían Damasco en seda, y me dijeron que no, que lo sentían. Salí para luego entrar a la tienda que seguía, la verdad es que no eran las tiendas más elegantes de París, para nada, pero algo me dijo que seguramente las encontraría ahí. Entré y pregunté lo mismo, y me dijeron que sí: me enseñaron un par de telas que no me gustaron, les di las gracias y me fui. Seguí buscando, entrando a una y a otra tienda, había telas hermosas de muchos estilos, pero no era lo que quería, ¡hasta que finalmente entré a otra y la encontré! Recuerdo cuando les pregunté si tenían Damasco en seda blanca, que por cierto es muy difícil de encontrar, porque no suele hacerse en ese color. Pues salió un señor con la tela y me la mostró. Era exactamente lo que siempre había querido tener, empecé a dar brincos y a gritar de emoción, me envolví en ella y empecé a cantar de nuevo mi canción. "¡París, París, eres mi amor!, ¡gracias por mis telas!, ¡sabía que tú me darías esta alegría! ¡Gracias, Dios!".

—Bueno, pero qué historia la tuya —dijo Antonia.

—Sí, ¿verdad? ¡Pero déjame que te siga contando!

—¡Claro, continúa!

—Vale. Solo déjame pedir algo más de tomar, que ya me emocioné.

Llamó al mesero y pidió un mojito más.

—¿Tú vas a querer otro?

Antonia dijo que no, que estaba bien, y el mesero se retiró.

—¿En qué me había quedado? ¡Ah, sí, ya! Pagué las telas y regresé al hotel. Había pasado casi todo el día de tienda en tienda, nada más me había hecho un tiempito para ir a comer. Cuando llegué al hotel, ya era de noche, al entrar en mi cuarto desenvolví las telas y las extendí encima de un sillón que estaba ahí, para verlas de nuevo, eran preciosas. Después me recosté a mirar la tele y pedí de cenar algo ligero para dormir temprano, al día siguiente quería ir a Versalles a pasear un poco. Más tarde llegó lo que ordené Cené y minutos después apagué la luz, me quedé contemplando mis telas entre las sombras, la luz de la luna que entraba por un costado de la ventana, por un huequito que había entre las cortinas las iluminaba suavemente, mientas yo cerraba y abría los ojos lentamente hasta que me quede dormida. Mi sueño se había hecho realidad. A la mañana me levanté, desayuné y fui a Versalles, como tenía planeado. Pasé todo el día ahí. Después regresé al hotel para darme un baño y salir a caminar de nuevo, pero no sé, algo me pasó, no pude dejar de ver las telas y pensar en ellas todo el tiempo. En un momento, cuando estaba en el cuarto, las tomé y las colgué encima de las cortinas que ya estaban, para hacerme una idea de cómo se verían en casa, mientras las observaba pensaba cómo alguien había podido diseñar algo así. Miraba la perfección en su diseño, el movimiento y su caída, las hojas que se abrazaban y por momentos se liberaban en una relación perfecta. Me puse a pensar en cómo me gustaría viajar en el tiempo y llegar al instante preciso en que habían sido concebidas, entrar al taller del artista que las había diseñado y cuando habían sido mostradas por primera vez. Debió haber sido un éxito inmediatamente. No lo sé, pero seguramente un mecenas tuvo que haberlas encargado, algún rey tal vez. Y pensar que cuando fui a buscarlas en Barcelona El Corte Inglés, me dijeron si las quería para un disfraz. Al día siguiente decidí dejar mis vacaciones y regresar a Barcelona cuanto antes. Tomé el teléfono y me comuniqué con la recepción para decirles que dejaría el hotel por la mañana, que quería regresar a Barcelona, que si por favor se podían hacer cargo de eso y conseguirme un vuelo lo antes posible, me dijeron que sí, que en un momento me llamaban. La verdad, no podía esperar más para regresar y mandar a hacer mis cortinas y verlas colgadas en casa.

—¡Vaya! —dijo Antonia—, ¡sí que te tomaste en serio esto de las cortinas!

—Ya no podía dormir ni ver nada en París, tan solo pensaba en eso, en ver mis cortinas colgando en el salón. Minutos después sonó el teléfono, y contesté, eran de la recepción, me dijeron que ya tenían la reservación hecha, que salía al día siguiente a Barcelona después de comer. Les di las gracias y me quede ahí, mirando toda la noche mis cortinas, hasta que me quedé dormida. Al día siguiente dormí hasta muy tarde, y me levanté tarde también. Almorcé algo, hice mis maletas y dejé la habitación, ya ni me bañé, tan solo me arreglé un poco y listo. Cuando iba a dejar las llaves en la recepción, me percaté de que la chica que me atendía tenía algo en el cuello. Mientras pagaba, y hacían el papeleo, me quedé mirando bien. "¿Qué es eso que trae ahí?". Con discreción me acerqué un poco para ver bien, pude darme cuenta que era un especie de chicle pegado al cuello. No lo podía creer. Seguramente era un chicle de sabor café, pues olía a café por todos lados, y la muy tonta pensó que nadie se daría cuenta.

—¿No estarás alucinando? —dijo Antonia—, a lo mejor era una verruga nada más.

—¡No! Por un momento lo pensé, pero no. Todo el vestíbulo olía a café. ¡Y con lo que me choca a mí la gente que mastica chicle mientras te habla!, ¡qué horror! Al parecer lo había dejado ahí para después seguir mascándolo, ¿puedes creer? ¡La chica muy elegante, guapa y con el chiclote ahí pegado!

—¡Ya! Por favor, ¿para qué me cuentas eso? Eso ni viene al caso. Así es Europa por momentos. ¡Mira tú ahora si te salió lo mexicana! ¡¡Sigue con lo otro!! ¿No me estarás inventando todo, y yo escuchándote como una tonta, con eso de que también eres escritora? —dijo Antonia.

—¿Perdona? —dijo Roberta—, o sea que te incomoda lo que te estoy contando, te parece aburrido o sin importancia. Si te conté todo esto, es porque sé que te gustan las películas de terror, y como la frivolidad puede ser un poco una película de terror, pero de buen gusto, te lo he contado para divertirte, y sí, exageré un poco los hechos para que te rieras y echaras a volar la imaginación. Pues mira, ni llevaba un vestido de Cristian Dior, ni entré a Cartier, nada más pasé por afuera, y mientras caminaba vi la sortija con la esmeralda gigante, y después inventé todo esto para ti. Lo de la receta del pescado que vi en la tele sí ha sido cierto, lo de Inés no, nunca estuvo ahí, y la licuadora tampoco. Lo que pasa es que me he querido desahogar de esto que comenté, lo del dobladillo y más que nada lo de la mordida de burro sí fue una verdad en la década pasada. Una vez que fui a cortarme el pelo apenas llegué a Barcelona, me hicieron la mordida sin preguntarme y me desgraciaron el pelazo que tenía, de hecho, en alguna ocasión que salí a un bar me jalaron el pelo unas personas y me preguntaron si era una peluca por la cantidad de pelo que tenía, pues ya no estaban acostumbrados a ver estas cabelleras, ¿puedes creer? ¡Tardé años en recuperarme de la mordida de burro! Lo de las cortinas por supuesto que ha sido todo cierto, también ha sido mentira que compré candiles y tapetes para decorar, solo compré el sofá y las telas. Lo del chicle sí me lo he inventado todo, ¿y qué? Pues mira, ya no te cuento más, hasta aquí llegaron mis palabras, ¡adiós! Me voy.

—¡Qué dices! ¿A dónde vas? —dijo Antonia—, ¡no me vas a dejar aquí tirada! ¿Que no has oído lo que te dije?

—¡¡Adiós!! ¡¡Ah!! Y esto va para ustedes también, lectores, si ya están queriendo dejar de leer este libro. ¡Adiós!

—¡No, Roberta!, regresa, ¡¡no te vayas!!   Roberta, ¿estás ahí? ¡¡Hola!! ¡Regresa!

—Está bien, les sigo contando, pero ya no interrumpas. ¿En qué me quedé? ¡Ah, sí! Las cortinas, bueno, pues finalmente llegó la hora de salir, tomé al avión y regresé a Barcelona. Cuando llegué me fui directo a mi apartamento, en cuanto entré, aventé las maletas, saqué rápido de una de ellas las telas y me fui directo al salón a colgarlas para ver cómo quedaban. Bueno, me han encantado. Una vez más empecé a dar brincos y brincos, envuelta en la tela pegada a mi cuerpo, como si fuéramos amantes.

—¡Mujer, pero qué obsesión la tuya, qué apasionada!

—¡Sí!, ¡ya sabes cómo soy! Bueno, nada más quería que fuera de mañana para ir a un lugar que estaba a la vuelta de casa, donde arreglaban ropa, y donde estaba segura me harían mis cortinas. Al día siguiente, en cuanto me levanté y me arreglé, fui a verlos. Era una sastrería no muy grande, pero se veía que eran profesionales, y entré. Había dos personas trabajando, una mujer y un hombre. Al parecer eran pareja, los dos de mediana edad, ya un poco mayores, los saludé. "Hola, buen día, ¿puedo pasar?". "Adelante, pase usted", me contestaron Les pregunté si sería posible que me hicieran aquí unas cortinas. "¿Unas cortinas? —exclamó la señora—. A ver, deme un minuto", caminó hacia su compañero, y en voz baja platicaron un poco, después ella se acercó a mí y me dijo que no solían hacerlas, pero que sí, que las harían. ¡Eso era estupendo! La señora quiso que le mostrara la tela. Yo saqué las telas de la bolsa y se las mostré, ella las miró, y me preguntó cuáles eran las medidas. Yo se las di. Entonces ella las anotó en una libreta que tenía a un lado y me dijo que estarían en una semana y me dio el precio de la hechura y la nota. Le agradecí, le dije que nos veríamos en una semana y me marché a casa. La que siguió fue una de las semanas más largas de mi vida. Como si fuera una chiquilla y estuviera esperando a los Santos Reyes, los días se me hicieron eternos. Pasó un día, pasó el otro, y yo por más que me quería distraer, no hacía otra cosa que pensar en ellas. Finalmente llegó la fecha, el día de ir a recogerlas. Llegué lo antes posible al lugar, con una sonrisa de oreja a oreja, con los ojos grades y pestañeando de la emoción. Abrí la puerta, entré y los saludé. "¡Buenos días! ¿Cómo está, señora? ¡Qué gusto verlos! Vengo a recoger las cortinas que les mandé a hacer". La señora me saludó muy sonriente también. Se fue y al cabo de unos segundos, regresó con ellas. Me comentó que eran unas telas muy bonitas, me preguntó si las había comprado en París. Le dije que sí. "Mire a ver qué le parecen", me dijo mientras las desplegaba en el mostrador. Medio borracha de emoción, las empecé a observar, se veían preciosas, ¡estaba encantada! Pero enseguida las empecé a mirar con detalle y me percaté de algo.

—¿De qué? —dijo Antonia—. ¡Dios! ¡No puede ser! ¡No lo puedo creer!

En ese instante, el mesero llegó a la mesa con el carajillo que había pedido Roberta y lo dejó en la mesa. Ella se lo bebió todo de un trago.

—¡Tranquila! —dijo Antonia—, ¡que ya te veo muy exaltada!

—¡Déjame! ¡Estoy bien! Pues que te digo, me di cuenta de que estaban mal hechas.

—¿Cómo? —dijo Antonia.

—Sí, ¡mal hechas! ¡Dios! ¡Pero qué coraje me ha dado! ¡No lo podía creer! Le dije a la mujer que las había hecho mal. Ella puso cara de no entender. "¿Cómo? ¿De dónde? ¡Si las he hecho con las medidas que me ha dado! Me he esmerado por hacer todo bien, fíjese en los cortes y en las costuras. ¿Dónde están mal?". "Mire, señora —le dije, conteniendo mi enojo—. Las cortinas están muy bien hechas, los cortes de la tela son perfectos, las costuras también, pero cometió un error garrafal". Ella no entendía a qué me refería. "Mire, si se fija usted bien en el estampado, poniendo las cortinas como deben ir, en una el buque está para arriba, y en la otra está para abajo, en una, el satín está por el frente, y en la otra por detrás. ¡Están mal hechas, se equivocó! ¡Imagine usted cómo se verán puestas! ¡No lo puedo creer!". En ese instante, la mirada de la mujer empezó a cambiar al darse cuenta de que yo tenía la razón. Era una señora de no más de un metro setenta de estatura, su cara empezó a transformarse, sus ojos empezaron a transmitirme una especie de poder encantador, pero de terror y de dominio, su cuerpo parecía que ya medía dos metros, sus ojos me miraban fijamente y empezaron a controlarme sin que yo pudiera hacer nada. Entonces me dijo, seria y decidida: "¡No!, ¡están bien!", mientras me miraba fijamente con sus ojos ya medio cerrados. Yo dejé de mirarla y aparté mis ojos hacia otro lado, un tanto asustada, casi a punto de caer en su juego. En ese instante pude yo reconocer lo que estaba pasando al ver la reacción de la señora y su actitud. "¡Claro! —me dije—, estoy siendo víctima del SEAA!".

—¿Cómo? —dijo Antonia—, ¿víctima de qué?

—¡Del SEAA!

—¿Y qué es eso? —preguntó Antonia.

—¡Es el síndrome de la ESTUPIDEZ AJENA ACEPTADA! Ya muchas veces lo he sufrido desde niña y con el tiempo he hecho un análisis de esto, un estudio profundo de esta situación para entenderlo, para no caer en él y saber cómo solucionarlo, y llegué a la conclusión de lo que te voy a contar ahora. ¡Pero qué maravilla! —dijo riendo—, pues ya te digo, he sido víctima del SEAA por años. ¡Pero ya no! Entonces la mujer que me miraba con los ojos fijos por un momento me hizo caer en él, por un momento yo me encogí y me puse triste, tratando de ocultar lo sucedido, por pena de lo que pasaba, por no ofenderla por su ignorancia, y al ver las cortinas ya hechas y a la mujer que me miraba controlándome con su terrorismo discreto, que me decía con sus ojos "¿Qué es lo que me estás haciendo? ¡Ni te atrevas!", tergiversando con astucia mental la situación para que yo me autoengañara y aceptara su equivocación, como una perdedora sometida, pensando que estaba bien, que nadie se daría cuanta, que casi ni se notaba. Sin dejar de sentir una tristeza grande y una rabia contenida por lo que estaba pasando, lloré por dentro, pero en ese momento sonaron mis alarmas y me rectifiqué. "No es posible, ahora tendré que ver esto todos los días así, la tristeza y el coraje nadie me los quitará, ¿y por si fuera poco todavía tengo que pagar por esto? ¡Y todo por no ofender a la señora! ¡Lo siento, pero no!". En ese instante me puse inteligente y fuerte, levanté la cabeza, la miré fijamente, con esa mirada que tú ya sabes que tengo cuando me enojo, y le dije: "¡Mire, señora! Estas cortinas están mal hechas. Vaya usted a El Corte Inglés y pregunte cómo es un damasco, para dónde va el buque, si para arriba o para abajo, y para dónde queda el satín, si por el frente o por detrás, ¿O acaso cuando su marido le ha regalado un ramo de flores se lo da boca abajo?, no, ¿verdad? ¡Pues ya está! ¡Están mal hechas!". En ese momento la señora se empezó a desinflar, puso una cara de quien quiere llorar, aceptando su error, su derrota, y ante la humillación calló haciendo una mueca de resignación. El marido, que escuchaba todo, giró para verla, diciendo que sí con su cabeza. Entonces la mujer me dijo que estaba bien, que las haría de nuevo, que regresara en tres días, que ya las tendría hechas. Yo le di las gracias mientras la miraba amablemente aceptando sus disculpas, aunque nunca las dio de voz, sí lo hizo con su mirada, como suelen hacer los estúpidos al verse desarmados y sin palabras. Salí del lugar, avancé unos pasos, di un brinco y grité "¡Sí!, ¡claro que sí!". Estaba feliz, había triunfado la inteligencia, me había puesto fuerte e inteligente y me defendí con la verdad, sin ningún temor. Ojalá así lo hubiera hecho desde niña, ¡todo el sufrimiento que me pude haber evitado! Para una perfeccionista como yo, ha sido un tormento.

—¿Y de dónde sacaste esto del SEAA? —preguntó Antonia.

—Pues precisamente de estas situaciones que vivimos a diario, y no se diga en México. Recuerdo cuando era más jovencita, cuando tenía veinticuatro años y mi inteligencia empezó a florecer como una margarita en la primavera. Una vez tomé una decisión. En realidad era una mala decisión, pero que me ayudó en la vida.

—¿Y cuál ha sido? —preguntó Antonia.

—Recuerdo bien que un día al llegar a casa después de haber tenido unas charlas donde me vi grande en mi persona, lamentaba las cosas que dije y mi conducta, mis decisiones, en ese momento, me cerraron las puertas, por brillar a tan temprana edad. La verdad no recuerdo bien ahora de qué se trataba, pero cuando llegué a casa y recordé lo sucedido ese día, llegué a la conclusión de que no podía hacer uso de mi inteligencia, que no podría seguir adelante así, nadie me aceptaría, ya muchas veces desde niña lo había experimentado y me quedaría sola, y más que sola, sin nada de lo que quería lograr, así que me dije: "Tendré que fingir ser normal, como todos; no hacer uso de mis dones", ya que esto en lugar de ser un una ventaja terminaba siendo todo lo contrario. Así que no tuve más remedio que fingir por años, o disfrazar mi inteligencia, que ha sido lo que he hecho más bien, para poder sobrevivir. Recuerdo que en algunas ocasiones tuve la oportunidad de conocer gente maravillosa que se percataban de lo que me pasaba y no entendía el porqué de mi conducta, sin embargo me respetaban, bueno, y si en algunas ocasiones me llegaron a decir que era una Chingona, pero muy pocas veces. Finalmente me hice una experta en este juego que me inventé y así sobreviví por mucho tiempo, pero mi inteligencia terminó por emanciparse de mí, y se hizo evidente, por todas las cosas que empecé a hacer, que no había quién me parara. Después de todo lo que he hecho, ni la misma muerte podrá hacerlo. Todos se dieron cuenta de esto, pero aun después de esto todo, seguía en un silencio extraño, como si tuvieran miedo de mí, o me fueran hacer algún daño al reconocerme, como si fueran a perder algo de ellos, o les pareciera inaceptable que yo tuviera un lugar importante en la vida. Vamos, la verdad ha sido un poco de todo esto al mismo tiempo, todo como un secreto a voces, escondido, callado, pero evidente. Y yo viviendo todo esto en silencio, un silencio que he disfrutado y que he odiado también, por eso es que mi vida ha sido como tú ya sabes, y en realidad sabes poco, aunque seas mi mejor amiga. Nunca nadie me llegará a entender, no podrían, no lo aceptarían, siempre ha sido así, y no entiendo por qué. Pero eso ya se acabó, quedó en el pasado, mi genio ha ganado, ya está todo muy claro. En el futuro todos lo aceptarán, lo disfrutarán, en todo el mundo. Yo estoy hecha para el futuro, para todos mis amigos del futuro a los que desde aquí saludo con todo mi amor. ¡Mi vida es para ustedes, mis amigos del futuro!

—¿De qué hablas? —dijo Antonia, de nada, dijo Roberta—, ya estoy divagando, te decía que fui haciendo un estudio hasta llegar a la conclusión de cómo resolver estas situaciones cuando se nos presentan. Recuerda que en la vida siempre hay un estúpido rondando, ¡como una mosca a un pastel! Y mira lo que concluí: para hacer que la verdad triunfe, hay que humillar a las personas precisamente con la verdad, que es lo que tratan de ocultar los estúpidos con su terrorismo discreto. Cuando un estúpido se enfrenta a la verdad, nunca gana. Hay que ser muy enérgicos y no flaquear, generalmente el estúpido tratará de confundirte con prepotencia y lástima o terrorismo, como ya lo dije. La solución a esto es humillar un poco, como ya ves que he hecho. La idea es no llegar a pelear, que generalmente es lo que quiere el estúpido que suceda, para salirse con la suya y finalmente te vayas porque lo has insultado por ser un idiota. ¡No!, hay que estar tranquilos e ir poco a poco, tratando de ayudarlo a recapacitar para que quede bien contigo y con él mismo, y de paso educarlo si es preciso, ¡vamos!, haciendo el bien, sin insultarlo por su torpeza o por su falta de inteligencia. Si el estúpido insiste en regocijarse en su torpeza, entonces hay que ir subiendo un poco el tono de la humillación, finalmente la verdad triunfará, y llegará un momento en que será evidente que tendrá que rectificar su conducta, y más si hay testigos presentes, esto lo hará caer finalmente. Ahora, si el estúpido de plano no quiere entender, y por más que quieres hacerle ver la verdad se pone tonto y agresivo, pues ya puedes darle un par de bofetadas, o le cortas una mano, ¡qué sé yo!

—¿Qué dices? —dijo Antonia.

—No, mujer, claro que no le vas a cortar la mano, pero las bofetadas podrían ser. Aunque yo nunca lo he hecho, no es mi estilo. ¡Pero no estaría de más si has sido ofendida!

—Vaya, tendré muy presente lo que me cuentas, ahora cuando regrese a México —dijo Antonia.

—Claro, y no solo en México. En cualquier país al que vayas te podría pasar lo mismo, ¡esto ocurre en todo el mundo!

—Tienes razón —dijo Antonia—. ¡Qué bien escuchar esto que me cuentas!, la historia de tus cortinas y lo que finalmente has llegado a concluir. Creo que será de mucha ayuda para las personas, creo que el SEAA, el percatarse de estar siendo víctima del síndrome de la estupidez ajena aceptada, a buena hora nos será de mucha ayuda. Creo que será muy popular con el tiempo. ¡Gracias, amiga! Bueno, ¿y qué pasó finalmente?

—Pues nada, regresé por las cortinas al tercer día, y ya estaban bien hechas. La mujer, muy sumisa, me las dio, yo le pagué por su trabajo y me retiré del lugar, me fui a casa y las colgué de inmediato, quedaron muy bien. Finalmente estoy feliz por todo lo que pasó, ¿y sabes por qué? Por ver que triunfé, que no me dejé. Ahora cada vez que miro las cortinas, recuerdo todo lo que pasó y me siento orgullosa de mí misma, y a pesar de que este triunfo fue por unas cortinas, para mí significó mucho. Fue un triunfo en mi existencia, por haber aprendido a mi edad a tomar las riendas de mi vida y no que otros las tomen por mí, y menos que ese otro sea un estúpido, y que al final yo tenga que pagar emocionalmente por eso, ¡no! Uno tiene que aprender a tener la mejor calidad de vida en todo momento y más si estás pagando, hay que aprender a vivir, y si de paso podemos enseñar algo a los demás, pues qué mejor. Siempre tendremos un buen sabor en la boca, así que no lo olvides si caes víctima del SEAA, ya sabes lo que tienes que hacer, siempre con buen gusto y elegancia.

—¡Ay, amiguita!, ¡qué alegría me das! Tú siempre tan preocupada por la verdad.

—¡Gracias! —dijo Roberta y tomó de un solo trago la mitad que le quedaba del mojito.

Martín, callado y con los ojos grandes, se levantó de la mesa sin hacer ni un solo ruido y se retiró del lugar. Una vez en la calle, comentó: "¡Increíble el síndrome SEAA!, ¿quién lo hubiera imaginado?, estoy totalmente de acuerdo con Roberta, ya en mis épocas era muy popular, de hecho creo que siempre lo ha sido, nada más que las personas no han sabido reconocerlo, solamente los que lo provocan. ¡Felicidades, Roberta, por tu triunfo! Bueno, ahora creo que debo integrarme de nuevo a mis actividades, ya estoy desapareciendo mucho, y la gente se preguntará dónde he ido, y tampoco quiero andar inmiscuyéndome en las vida de las personas de esta manera, con estas dos experiencias tengo, no me vaya a gustar después, ¡no!, ¡Dios me libre! ¡Que el chisme entretenga, el cáncer de la lengua! Mejor me doy prisa, que quiero ir al Museo Picasso, tengo un asunto pendiente ahí". Y así fue, tan solo le tomó unos minutos estar ahí. Antes de llegar al lugar, pasó algo que lo sorprendió. Desde los aires vio que en la calle había un hombre tirado en el piso, inmediatamente bajó y se acercó a él, pudo ver que era un indigente que temblaba de frío, seguramente estaba muy enfermo, era un hombre de mediana edad, digamos que aún joven, y se veía muy mal. Martín se agachó y lentamente lo abrazó como un padre cariñoso abraza a sus hijos. El señor miró al cielo como pidiendo morir a la vez que miraba a Martín con ojos llenos de tristeza y de esperanza. En ese momento del abrazo, el indigente sintió paz y tranquilidad, que era lo que había perdido hacía muchos años y no había encontrado nunca más, razón por la cual estaba tan enfermo de cuerpo y de corazón, su pasado tormentoso lo perseguía como un fantasma. En ese instante el señor dio un suspiro grande y murió en los brazos de Martín. Para el señor fue como si el mismísimo Dios hubiera ido a recogerlo para llevárselo al cielo, a su lado, esa oportunidad no la dejaría pasar, y sin pensarlo se fue con él, con Nuestro Padre. Martín lo dejó recostado, lo cubrió con la manta que ya tenía, y siguió su camino. Minutos después, cuando Martín llegó al museo, había una pequeña multitud en la puerta. Eran turistas de todo el mundo. La llegada de Martín sorprendió a todos. Al verlo, dijeron:

—¡Es Martín! ¡Miren, está aquí!

—¡Martín, guapo! —gritó una chica.

Martín los saludó a todos. Entonces, un hombre le preguntó con un grito:

—¿A qué has venido, Martín?

Martín le contestó:

—He venido a ver "Las Meninas", de Picasso.

—Hombre —dijo el señor—, me refería a la Tierra. ¿Es verdad que vienes a salvarnos? ¿Salvarás la Tierra, Martín?

—Sí —contestó Martín—. Ya les contaré en su momento.

La gente empezó a gritar. Era ya una euforia, una alegría donde Martín fuera.

—Bueno —dijo Martín—, pues a lo que he venido aquí… Síganme todos.

Y entró al museo, y todos detrás de él. Caminaron por los pasillos hasta llegar a "Las Meninas", de Picasso. Cuando las vio, soltó una carcajada. Caminó de un lado a otro, para atrás y para adelante, y así, sonriendo, se quedó un par de minutos mirándolas, comentando para él "¿Qué has hecho, Pablo?, ¿qué has hecho?". Se quedó un tiempo más en el museo dialogando con Picasso como si ya se conocieran, como si fueran grandes amigos. Finalmente decidió macharse. Ya en la puerta se despidió de todos.

—Ha sido un placer estar con vosotros.

Caminaron hasta la puerta y les dijo:

—Estén pendientes. *Adéu.*

Dio un pequeño brinco y se empezó a elevar. Una mujer le gritó:

—*Adéu*, Martín. ¡Adiós, Martín, guapo! ¡Adiós!

Entonces, se fue volando por la calle Princesa hasta llegar a Vía Layetana. Era ya la tarde-noche. El sol se ponía. Decidió entonces ver la puesta de sol. Se fue directo a La Barceloneta, justo enfrente del mar Mediterráneo. Se recostó para ver el sol que se ponía cuando a lo lejos divisó una embarcación que se acercaba. Por un momento, Martín regresó en el tiempo y pudo ver un navío que aparecía ante sus ojos. Atrapado en el recuerdo, vio su vida pasada. La embarcación se fue aproximando poco a poco, hasta que Martín pudo ver que no era ninguna carabela: era el *Queen Mary*, que llegaba al puerto de Barcelona. Martín reaccionó, se puso de pie y salió volando hasta el Palacio de Montjuïc, lo vio al pasar y se fue a toda velocidad hasta llegar al Tibidabo; le dio una vuelta contemplado también la ciudad de Barcelona, dejando un corazón gigante blanco en el cielo, como las líneas que hacen los aviones al pasar, despidiéndose del mar Mediterráneo, que ha besado la ciudad de Barcelona desde hace ya mucho tiempo, en una relación perfecta, mar y tierra. A continuación salió disparado con rumbo a Madrid. En cuestión de minutos, llegó ahí. Se fue directo al Museo del Prado. Ya era de noche, pero había entrada nocturna, estaba lleno de gente. Aterrizó en la entrada. Todos se quedaron asombrados al verlo llegar, lo miraban caminar, casi siempre Martín era muy discreto, pero cuando recordaba quién era, se dejaba llevar por su personalidad avasalladora. Esa vez fue así también y se dejó ver como un semidiós, tranquilo, sin ninguna pretensión. Todos quedaron impactados, a la vez que le decían cosas: "¡Martín, confiamos en ti!".

Otros le daban las gracias. Ya en la puerta, Martín saludó a todos y les agradeció. Les dijo que había ido al Prado a ver un cuadro en especial y que si no les importaba, le gustaría verlo a solas, a lo que todos dijeron que sí, que esa era su casa, y se retiraron. Martín entró al museo, avanzó unos pasos, se persignó como si entrara a la casa de Dios, como si Dios mismo estuviera ahí. Caminó por los pasillos hasta llegar a una de las salas, ingresó a esta y dio un suspiro profundo al ver un cuadro que esperaba por él: eran "Las Meninas", de Velázquez. Se acercó a la obra lentamente, pensando para él "Este es el cuadro más perfecto que se haya pintado jamás, algún día pintaré yo uno así". Se quedó ahí por más de una hora, mirándolo, hasta que se marchó. Se fue sin decir nada. Parecía que las pinceladas de Velázquez le habían quitado las palabras. Al salir ya no había nadie. Abandonó el museo y se fue caminando solo por el Paseo del Prado hasta llegar a un edificio. Tocó la puerta: era la Casa de América. Alguien lo esperaba ya. Se abrió la puerta, y un hombre lo recibió. Martín lo miró. El señor le dijo:

—Buenas noches, don Martín. Sígame, por favor.

Martín, complacido, entró y lo siguió hasta llegar a una puerta. El señor la abrió, lo invitó a pasar y le informó:

—Esta es su habitación, don Martín. Aquí pasará usted la noche.

Martín le dio las gracias, mientras miraba su rostro, preguntándose a sí mismo dónde lo había visto antes. Ya adentro, Martín pudo ver que había una mesa con una gran cena dispuesta para él, y comentó:

—¿Todo esto es para mí?

—Sí, es para usted, don Martín.

—Gracias, pero por favor dígame: ¿qué son todos estos platillos?

—Con gusto —le contestó el señor y empezó a describir todas las maravillas que habían preparado para él—. Mire, don Martín, esto que está aquí se llama tortilla española, está hecha a base de patatas y de huevo, en este caso le han puesto cebolla también, es muy rica. Esto otro es fabada asturiana, es un guisado hecho con judías y carne de cerdo. Por acá tenemos cocido español muy rico también, de este lado tenemos famosa paella valenciana. Aquí, en este plato, tenemos jamón de cerdo de jabugo exquisito. En esta jarra hay gazpacho, una especie de sopa de jitomates y otras verduras, muy fresca y muy rica, le encantará. ¡Ah!, y aquí tenemos la famosa fideuà de mariscos, es muy rica también. ¿Qué le parece, don Martín?

—¡Estupendo! Y dígame: ¿y todas esas botellas de vino? Son vinos de las diferentes regiones de España me imagino…

—Así es —dijo el señor.

—¿Y qué es eso que está allá? —preguntó Martín—, en ese plato alto que sobresale de todo

—¡Ah!, eso es el postre, es un tiramisú, un pastel italiano muy famoso en todo el mundo, es riquísimo, se lo han mandado especialmente del Vaticano, el cardenal Jorge Bergoglio le aconsejó al Papa que le mandara uno de su parte, y él no dudó en hacerlo. Recién acaba de llegar, le va a encantar. También le hemos traído un poco de agua recién llegada del polo norte y también del pico de la montaña Everest, espero que todo sea de su agrado.

—¡Qué maravilla!—dijo Martín—. ¡Bien!, pues le agradezco mucho su ayuda. Ahora, si no le importa, me gustaría quedarme a solas con este banquete, gracias.

—Claro, don Martín, que pase buenas noches, ¡que descanse! —y soltando una pequeña carcajada se retiró.

Martín que no sabía por dónde empezar. Primero abrió algunas botellas de vino y con gusto empezó a degustarlos. A continuación, tomó un plato y se sirvió un poco de tortilla española, después de esto un poco de jamón de jabugo, e inmediatamente la fabada. Por supuesto, comió de todo lo demás. En un momento se dio cuenta de que había olvidado probar lafideuà de mariscos, que se veía exquisita, sin pensarlo tomó un plato y se sirvió un poco. "¡Qué rico está! —se dijo—. ¡En qué momento han inventado todo! ¡Esta fideuà está exquisita!". Y la comió toda. Cuando la terminó, tomó un poco de agua y sin descansar ni un momento agarró otro plato y se fue directamente hacia el tiramisú, se paró frente a este y lo miró un tanto nervioso, moviendo la cabeza de un lado a otro, rápidamente se abalanzó sobre el postre, como si quisiera robarle un beso a alguien, se sirvió una rebanada, tomó un tenedor y empezó a comerlo lentamente, suspirando de vez en cuando, hasta que la terminó. "¡Quiero más!", exclamó y volvió a servirse otra rebanada. "¡Qué rico está!". Y como si ya conociera la receta, como si lo hubiera hecho él mismo, comentó: "¡Está perfecto! El bizcocho terso como debe de ser y no como algunas personas les gusta hacerlo, como un *hot cake* viejo y remojado; ¡está perfecto al paladar!". Por laguna razón que desconocemos Martín podía opinar de las cosas como si las hubiera probado o conocido antes, siguió comiendo una y otra rebanada hasta que se lo terminó por completo. Tomó un poco más de agua y se sentó en un sillón que había ahí. Unos minutos después se puso de pie y empezó a caminar pensando "Me siento un poco mal, he comido toda lafideuà, todo el tiramisú y todas esas otras cosas, ¡todo ese vino! Será mejor que me vaya a la cama, ya es muy tarde, quiero descansar, espero que pueda dormir bien". Ya acostado se lamentaba: "Creo que he comido un poquito de más, ¡no puedo dormir!", y daba vueltas de un lado a otro. Así pasó unos minutos, hasta que comentó para él: "Ya no te lamentes. ¡Claro que dormiré bien y despertaré como nuevo! Ya podría comerme un elefante entero y no me pasaría nada. Después de todo, ¡yo puedo hacer en esta tierra lo que yo quiera!". Se quedó pensativo un momento: "Bueno, casi todo", puso cara de tristeza. Finalmente, el sueño llegó, y Martín cerró sus ojos, se quedó dormido. Ya entrada la madrugada, empezó a tener una pesadilla. Se movía de un lado a otro de la cama, balbuceando cosas, hasta que en un momento gritó: "¡No!".

Se levantó súbitamente. Sin poder volver a dormir, se incorporó y caminó hacia el balcón, comentando "¡Qué pesadilla he tenido! Un tiramisú volador me perseguía por todos lados, hasta que finalmente se estrellaba en mi cara, y en todos lados a donde iba, aparecía uno, ¡Dios!". Abrió la ventana y salió a tomar el aire fresco. Parado ahí, pudo ver a lo lejos unas personas que se iban acercando. ¿Quiénes serían estas personas a esta ahora? Hasta que llegaron junto a él. Eran las Meninas y la infanta Margarita, que se acercaban a saludarlo. Martín pudo reconocerlas entonces, no lo podía creer.

—Hola, Martín —dijo una de ellas—. Somos nosotras, las Meninas, que hemos venido a saludarte. La infanta Margarita está aquí también con nosotras. Ella nos ha dicho que viniéramos. Queremos que sepas que estamos muy orgullosas por lo que estás haciendo.

Martín les contestó:

—Gracias, sus mercedes. Ya he resuelto lo que voy a hacer. El día se acerca. Todo va a estar bien.

La infanta Margarita, que lo miraba, sonrió y le mandó un beso como hacen los niños con sus manitas. Martín lo atrapó y lo puso en su mejilla; entonces, las Meninas se despidieron y se fueron caminando de regreso al Museo del Prado, hasta que no se las vio más. Martín comentó "Qué sorpresa tan agradable, las llevo en mi corazón". Regresó a la cama y se quedó dormido como un niño. La verdad era que parecía que Martín más bien estaba de vacaciones que otra cosa. La gente empezó a comentar eso, un tanto preocupada.

La mañana llegó, y Martín despertó, tomó un baño y se arregló. A continuación, se puso a trabajar un rato. Mientras revisaba sus cosas, alguien tocó a la puerta.

—Adelante —dijo Martín.

En eso entró el señor que lo había recibido el día anterior.

—Le he traído su desayuno. ¿Cómo ha dormido usted?

Don Martín no le contestó nada, se quedó callado.

El señor pasó con una bandeja y la dejó en la mesa.

—Gracias —le respondió Martín mirando su cara, lo curiosa que era.

El señor se despidió y cerró la puerta. Inmediatamente, Martín se abalanzó sobre la mesa, como si no hubiera cenado nada la noche anterior, tomó el jugo de naranja que estaba ahí y lo bebió. Al terminar, dijo: "¡Qué rico está!". Eran naranjas valencianas. Acto seguido, tomó una ensaimada y la devoró; después se sirvió otro vaso de jugo; y tomó otra ensaimada, hasta que terminó con ellas. Después, comió un par de plátanos, y le supieron riquísimos: eran plátanos de las Canarias. Los devoró también. Al ver que ya no había nada más que comer, se levantó, se lavó los dientes de prisa, guardó su computadora y caminó a la ventana; la abrió y... ¿qué creen? Nada, que se fue volando de nuevo. ¿Adónde esta vez?

TERCER DÍA: FRANCIA

Esta vez, Martín voló rumbo a Francia, exactamente a París. Llegó al Arco del Triunfo, justo arriba de este. De pie ahí, contempló los Campos Elíseos, pensativo admirando la belleza de París y preguntándose cómo era posible tanta perfección. Minutos después, sacó su computadora de nuevo y se puso a trabajar. Pasó ahí gran parte del día, y casualmente otra vez no había gente, todos sabían que Martín necesitaba estar solo. Finalmente llegó la hora de la comida. Decidió comer algo. Parecía que el desayuno de ensaimadas, jugo de naranjas de valencia y plátanos de las Canarias nada más le había abierto el apetito, así que bajó a los Campos Elíseos y caminó en busca de un lugar donde comer algo. La gente ya lo había visto, lo seguía y lo grababa incrédula. En pocos minutos, todos supieron que estaba en París. Martín, que caminaba por los Campos Elíseos, pasó frente a un restaurante; decidió entrar. Estaba lleno de gente guapísima. Inmediatamente, todos voltearon para verlo, sorprendidos. "Martin est Cortès regerde! Mexicaine meciasest tres beau!", "¡Miren, es Martín Cortés, el mesías mexicano!, ¡es muy guapo!", comentaban las personas. Martín se dirigió al fondo y miró si había alguien que le diera una mesa. Pero no encontró a nadie. Parecía que todo el servicio estaba ocupado, casualmente no había quién lo atendiera. Esperó ahí un momento y al no ver a nadie, dio media vuelta nada más que para chocar con una de las meseras, que iba caminando y que tampoco lo había visto. Fue terrible. La mesera llevaba una bandeja llena de platillos que se disponía a servir. La chica cayó al suelo junto con todos los alimentos, causando un escándalo. Martín trató de sujetarla, pero no le dio tiempo; fue muy rápido todo. La gente que miraba lo que pasaba estaba sorprendida por lo sucedido, algunos se pusieron de pie para ver mejor. Martín se agachó inmediatamente para ayudarla, pidiéndole disculpas. Intentó tomarla del brazo, pero ella volteó, soltándose de él, y le dijo muy enojada:

—¿Tú estás tonto o qué tienes?

Martín, sorprendido, pensó para él: "Nunca nadie me había hablado así". La mujer recogía las cosas, y Martín la miraba. En ese momento, pudo ver que era muy guapa. Él insistió en ayudarla, pero ella le dijo que la dejara en paz. Para entonces llegó todo el personal tratando de ayudar también, mientras lo saludaban en medio del alboroto. "Don Martín, ¡qué gusto verlo!". Cuando la mujer se disponía a levantarse con la bandeja, su escote se abrió, y se vieron sus senos; uno de ellos nada más, porque después no había nada. Ella nada más tenía un seno. Al parecer, lo había perdido por un cáncer de mama. Martín, al ver esto, se quedó sorprendido.

—Ahora entiendo... —dijo, mirando a la mujer humillada por la vida y ahora por ese accidente.

Ella se levantó y regresó por donde había llegado. Martín la siguió. Ella, que no paraba de llorar, dejó la bandeja donde pudo y entró en una habitación; era el cuarto del personal. Segundos después, Martín entró también. Pudo ver a la mujer, que estaba parada frente a un ventanal. Al cerrar la puerta, ella volteó y lo miró. Él caminó hasta ella, la sujetó fuertemente entre sus brazos y la besó. Ella, sorprendida, no hizo nada más que dejarse llevar; entonces, él, que la sujetaba de la cintura, subió sus manos poco a poco hasta llegar a su seno, lo empezó a estrujar con pasión a la vez que también acariciaba el espacio de seno perdido. Ella, que lo seguía besando, con los ojos saltones de emoción y de placer, atrapada en sus brazos, suspiraba, hasta que él dejó de besarla, dio un paso atrás y le dijo:

—Amor mío, siempre te recordaré.

Dio media vuelta, salió de la habitación y cerró la puerta. La mujer, sin decir nada y sin parar de suspirar, se llevó las manos al pecho y cuál fue su sorpresa: ya tenía de nuevo los dos senos, como antes. No lo podía creer. Con sus dos manos, arrancó su camisa, con el pecho erguido haciendo un pequeño contoneo miró sus senos, hermosos y firmes y un poquito más grandes. Se abrazó a sí misma, llorando emocionada. A continuación giró de nuevo hacia la ventana y pudo ver a Martín, que salía del restaurante sin comer nada. Los medios ya estaban afuera esperándolo, él se fue caminando de nuevo. Se dirigió al Museo del Louvre. La gente, esta vez más efusiva, lo seguía. Pasaron por la Plaza Vandòme, ya era un tumulto el que lo acompañaba. Todos lo grababan y lo saludaban. Por momentos parecía que todo eso lo divertía. Caminaron todos hasta que llegaron hasta el Museo del Louvre. Fueron directamente a la entrada. Sin decir nada, Martín caminó por el museo. Todas las personas que lo miraban se hacían a un lado, dejándolo pasar. Finalmente, llegó a una de las salas; al entrar, puedo ver que la gente miraba un cuadro, en ese momento todos dieron media vuelta y lo observaron sorprendidos, se hicieron a un lado. Martín siguió caminando hasta que pudo ver el rostro de la Gioconda, y nada más suspiró. Se quedó ahí, parado un momento mientras todos salían, hasta que finalmente le preguntó:

—¿De qué te ríes, Gioconda?

Y la Gioconda habló:

—Me río de ti, Martín, de la alegría de verte.

Entonces, soltó una carcajada.

—He venido especialmente a París a conocerte, Gioconda. Ahora, me retiro. Ha sido un placer.

Mirándola fijamente, pudo ver que ella le cerraba un ojo y lo despedía mientras levantaba su mano moviéndola de un lado a otro. Martín suspiró, giró y salió para seguir su recorrido, los pocos que se quedaron ahí, justo en la entrada de la sala, estaban con la boca abierta. Todos lo siguieron. Cuentan que desde entonces la Mona Lisa empezó a cerrar el ojo; algunas personas aseguran que la han visto hacerlo. En fin, Martín, después, decidió pasar la tarde recorriendo el museo, caminando sin rumbo fijo, contemplando todas las obras de arte que se cruzaban en su camino. La gente no lo seguía más. Lo dejaron a solas. Aunque todo sucedía dentro de una cierta calma, en realidad el mundo estaba pendiente de lo que pasaba. En todos los países había debates; en las redes sociales no hacían más que hablar de eso; por todos lados circulaban videos de él. La verdad era que la gente estaba un tanto intranquila; digamos que empezaba a estar preocupada, ya que muchos insistían en decir que parecía que Martín estaba más bien de vacaciones, y aunque confiaban ciegamente en él, su actitud relajada y el no decir nada a nadie hacían que lo cuestionaran.

La noche llegó, y Martín ya había recorrido gran parte del museo. Mirando por uno de los ventanales, pensó: "No he comido nada; tengo mucha hambre". En ese momento, alguien le habló. Se escuchó decir:

—Buenas noches, don Martín.

Martín dio media vuelta y vio a un hombre gordo y de barba negra. Lo miró fijamente y lo saludó:

—Buenas noches.

El señor le dijo:

—Soy su asistente. Le hemos preparado una cena en su honor. Sígame, por favor.

Martín le sonrió y lo siguió. Caminaron por el museo hasta que pudo ver que regresaba de nuevo donde estaba la Mona Lisa y le comunicó:

—Ya he estado a la tarde con la Gioconda.

El asistente le dijo:

—Sí, don Martín, lo sé. Ahora, siga usted. Su cena lo espera.

Se despidió y se alejó, dejándolo en la entrada de la sala. Al entrar de nuevo, pudo ver que había una cama hecha enfrente de la Gioconda y una mesa con unas viandas.

—¡Vaya, qué sorpresa tan agradable!, ¡gracias! —dijo Martín.

A continuación, caminó a la mesa, tomó asiento y se dispuso a cenar, había unos croissant, mermelada, mantequilla y chocolate caliente, fruta y agua… Saludó de nuevo a la Gioconda. Ella le sonreía como siempre solía hacer, siempre feliz, pero esta vez mucho más, hasta enseñaba sus dientes. Y por cierto, no había vidrio de protección, Martín se levantó y se acercó lentamente a ella. La Gioconda dejó de sonreír, en ese momento parecía que Marilyn Monroe la poseía. Encogió los hombros echando la cabeza hacia atrás con los ojos entreabiertos. Martín llegó hasta ella y la besó en la boca, ella volvió a sonreír, Martín entonces metió la mano dentro del cuadro y la sacó de este cuidadosamente. Ella se aferró a él con un abrazo, hasta que tocó el piso sin dejar de sonreír y de mirar a Martín, justo en ese momento alguien entraba a la sala, mientras una música empezaba a sonar. Los dos se voltearon y pudieron ver que se trataba de Edith Piaf y de Grace Jones, que empezaban a entonar una nueva versión de "La vida en rosa". Una balada de corte setentero con violines y cornos. Martín tomó de la mano a la Gioconda y la invitó a bailar. Girando alrededor de la sala, con gran estilo, bailaron hasta que se terminó la canción. Momentos antes de que acabara, Martín se separó un poco de la Gioconda, tomó su mano derecha guiándola para que diese una vuelta; después de darla, los dos se tiraron a la cama, uno quedó al lado del otro, se miraban a los ojos. Mientras Edith Piaf y Grace Jones se marchaban, pasaron unos segundos, y la Gioconda dio un brinco, y comentó mientras Martín se sentaba junto a la mesa:

—Perdona, Martín, llevo muchos años aquí atrapada, si no te importa, me encantaría ir a caminar por ahí, quiero conocer este lugar, esta es la única sala que conozco desde que llegué. ¡Nos vemos en un rato!

—Descuida, aquí estaré —le contestó Martín.

Ella se fue de prisa. Después de esto, Martín decidió trabajar un rato. Sacó su computadora y se quedó ahí, escribiendo tan solo unos minutos, hasta que paró, cerró el ordenador, cenó todo lo que le habían dejado, se levantó de la mesa y se metió a la cama, recostado de lado, pensativo, pudo ver que había algo debajo del cuadro de la Gioconda. Intrigado, se levantó y se acercó para ver qué era, se agachó y vio que era un libro pequeño. "¡Es un libro! —exclamó—, a alguien se le debió haber caído". Observó la portada y pudo leer el nombre del autor: se llamaba El poeta desconocido. "Qué interesante", dijo Martín. Regresó a la cama y se acomodó para leerlo. Lo abrió, lo ojeó un poco y pudo ver que eran poemas cortos, pensamientos. Se dispuso a leer el primero. Se titulaba "Como a un zapato", y decía así: "Como a un zapato. A días, a ratos, a golpes ingratos, la sombra de todo el tiempo perdido, como a un zapato, ¡así me has querido!". "¡Vaya!—comentó—. A ver el que sigue… 'El Candililllo: todas las lágrimas que he derramado en un candil las fui colgando, ¡y poco a poco lo fui llenando y poco a poco yo fui sanando el corazón que tú enfermaste y abandonaste sin compasión! Ahora brilla ante mis ojos el candilillo que yo inventé, que finalmente he terminado, ¡para ya nunca volverte a ver!'". En ese instante a Martín se le salió una lágrima. Siguió leyendo el tercer poema. "La gente: Esa gente de la fuente atrapada como un niño que se quiere divertir es la gente inocente, insolente, ¡que me quiere hacer sufrir!". Siguió leyendo el cuarto poema. "Las sombras: Sombras misteriosas de las noches mentirosas, sombras tan oscuras donde escondo mis heridas, dentro de mi corazón". Siguió leyendo. "Mis ropajes: Todos mis ropajes, exquisitos trajes, que cubrís mi cuerpo, que adornan el camino, ¡de aquí a lo divino!". "¡Muy bien!—dijo Martín—, ¡así se escribe!". A continuación leyó el séptimo. "Un castillo: Me estoy haciendo un castillo con ladrillos de diamantes, para tener amigos, para tener amantes y despertar contigo, ¡mi reina Bellas Artes!". "¡Claro que sí! —exclamó—. ¿Y ahora? A ver. 'La diosa: Estaba la diosa sentada, ya todo le atormentaba, y sin saber por qué sufría, pasaban las horas, pasaban los días, pasaba su vida por un gran vacío, hasta que un día un hombre llegó, se miró al espejo, contempló su rostro hermoso y pleno, juntito a su Dios'". Martín rio y continuó con el siguiente. "Las nubes: Las nubes bailadoras incansables lloran, de gusto o de tristeza según la ocasión, que para ti surgiera tamaño sorpresón". "Uno más, y ya me voy a dormir. 'Quisiera: Quisiera llorar como nadie ha llorado, quisiera besar como nadie ha besado, quisiera amar como nadie ha amado, ¡¡pero no te he encontrado!!'". Martín se dijo que era suficiente, cerró el libro, lo dejó a un lado y se cobijó para tratar de dormir. Pero luego dijo "Bueno, uno más y ya", se recostó de nuevo en la cabecera, tomó el libro y lo abrió. "A ver… ¿dónde me quedé? Aquí. 'Mi principado'. Este suena bonito. 'Mías son la tierra y las profundidades, por donde he viajado, por donde he amado, es ya mi principado un jardín encantado de flores y cascadas y ciegas madrugadas, es ya todo mi arte la sangre en mis venas, azul es su color, ¡le duela a quien le duela!'. Este me gustó todavía más. A ver el que sigue. 'La gente: ¡La gente insolente, por fea que está, se va atormentando haciendo creer que es culpa mía su horrendo ser!'. ¡Vaya!, después de esto, seguiré leyendo un poco más, veamos. 'Las cortinas: Pasa el tiempo rápido y lento, ¡pasa el viento violento, y las cortinas que se quieren ir también!'. ¡Uy! —siguió leyendo—: 'El infinito: Algo pequeñito, algún detallito que por chiquitito llene el infinito'. Qué bonito —dijo Martín—. A ver, uno más y ahora sí me duermo. 'Martes, ni te cases ni te embarques: Que la sombra que un día opacara la alegría de quien dijo tal mentira, ¡martes, ni te cases ni te embarques!, y a pesar de ser la víctima supersticiosa que se atreve a escribir este martes nublado, los saludo despojado de mis miedos cultivados, este martes arrogante, ¡que me tiene ignorante!'. ¡Qué hermoso! A ver, uno más Mi soledad: mi soledad asoleada tostada ya de la nada, acompañada de aire y sal; mi soledad de humo, de sueños profundos, de vientos huracanados, tormentas y tornados; mi soledad, palabras que fui ensalzando, que fui olvidando sin recordar; mi soledad siempre me espera, ¡mi arma certera amante y compañera! Y ahora sí me duermo", dijo Martín, pero alcanzó a ver el poema que seguía y no pudo dejar de leerlo. "'Poema posmoderno: Palabras de un enfermo ya casi agonizante, palabras delirantes, letras disonantes, comas, puntos y mayúsculas en mi camino quiero encontrar y construir con todo esto un poema a la verdad, a lo que veo, a lo que hay, en esta tierra aún hermosa en donde pienso descansar y seguir siendo el más moderno. En esta inmensa soledad'. Bueno, uno más. 'La nada: De mis sueños el dueño de nada, de la nada una carcajada, ¡que retumba!, ¡que no cuesta nada!' ¡Hombre! Uno y ya me duermo, ahora sí. 'La inteligencia: He conocido la inteligencia y me he emborrachado con ella, he conocido la inteligencia y me he enamorado de ella, he conocido la inteligencia ¡¡¡y me moriré con ella!!!'". Ya cuando estaba a punto de cerrar el libro otra vez de reojo, vio el nombre del poema que seguía, no pudo dejar de leerlo. "'¡Yo el monstruo! Nací en do mayor, alado y coronado, desde niño un soldado, desde niño he triunfado, soy humilde y soberbio, soy de todos y de nadie, un torrente inagotable, un diamante inexplicable, en mis ojos hay tristeza, alegría y pasión, en mis ojos cristalinos donde evita el amor, ya las musas me adoraron, treinta y tres ángeles me coronaron, los planetas se alinearon ¡y me guiaron a lo eterno! El amor que a mí me tengo ¡es tan grande, es infinito! En el lugar que yo habito desde el día en que nací, todo gratis se me ha dado, ¡ya de sobra estoy dotado! ¡¡El amor no me ha tocado!!

¡¡¡Y soy un monstruo enamorado!!!'". Martín finalmente se acostó y se abrigó bien hasta que se entregó al sueño. Cuando la mañana llegó, Martín seguía dormido. Como siempre, se levantó tarde, abrió los ojos, dio vuelta para quedar boca abajo, pensativo. Después de unos minutos, la cama se empezó a elevar. Sin volver a ver a la Gioconda, que ya había regresado, Martín se fue acostado en la cama, la cual ahora volaba, dejó la sala y cruzó el museo hasta llegar a la salida, ante la mirada atónita de todos los que estaban ahí. Parecía que Martín no quería volar más por sí mismo, estaba tan a gusto acostado, que ya no quería hacer el esfuerzo, como si hubiera hecho el amor con la Gioconda toda la noche y quisiera descansar. Así, acostado boca abajo, dormitando, se fue volando en su cama. Esta vez, con rumbo a Egipto…

Cuarto día: Egipto

Esta vez, Martín se fue volando a baja velocidad. Una vez que llegó a Egipto, fue a las pirámides de Guiza hasta llegar justo a un lado de la pirámide de Keops. Abrió los ojos y se incorporó. Bajó de la cama y observó las pirámides por un rato pensando lo maravillosas que eran. Las personas que estaban ahí inmediatamente lo reconocieron. Al cabo de unos minutos empezó a llegar más gente. Todos se enteraron de que Martín estaba en Egipto. Martín caminó un poco por las pirámides hasta quedar parado enfrente de ellas; se quedó mirándolas un rato más. Después, cerró los ojos unos segundos. Ahí, de pie, con los ojos cerrados, suspiró y abrió los ojos de nuevo. En ese momento, un griterío se escuchó. Pudo ver las pirámides, que ya eran de oro, de una sola pieza. ¡Las pirámides de Guiza eran ahora de oro macizo! El sol que se reflejaba en ellas hacía más increíble el momento, ante los ojos de todas las personas, que no podían creerlo. A continuación, Martín se fue volando directamente a la Esfinge y aterrizó. Caminó a su alrededor, mirándola, y como si pudiera hacer algo por ella, se acercó hasta que pudo tocarla con la mano. Con su índice derecho, la acarició suavemente, mientras caminaba. En ese instante, la Esfinge empezó a cambiar. En cuestión de segundos, quedó toda hecha una esmeralda de una sola pieza, ¡sí!, ¡de una sola pieza! Se convirtió entonces en la joya más grande de toda la galaxia. ¡Qué espectáculo! La gente no creía lo que veía, soltaba carcajadas y gritaba. Todos los medios ya estaban ahí, llegaron más rápido que nunca, parecía que lo estaban esperando. Las imágenes de las pirámides de oro y la Esfinge de esmeralda circularon inmediatamente por las redes, alrededor de todo el mundo. Era la primera vez que Martín hacía algo sorprendente. Él sabía que la humanidad necesitaba ver algo así y no dudó en hacerlo. Todos creían más en él ahora; sin embargo, se cuestionaban el hecho de que no hacía nada más que ir a museos y restaurantes; ya no se lo veía más trabajando. Parecía que ya lo tenía todo resuelto. Nadie le decía nada. De hecho, Martín ya sabía desde el principio lo que había que hacer para salvar la Tierra. Eso había sido fácil de decidir. Lo que hizo cuando se puso trabajar en la computadora fue ayudar secretamente y en coacción con todos los altos mandos y directores de todos los ámbitos, guiándolos y aconsejándolos para que tomasen buenas decisiones para no equivocarse de nuevo siendo indiferentes ante el sufrimiento y para remediar las cosas malas que ya aquejaban a la humanidad, como erradicar para siempre la pobreza en la Tierra. La verdad era que cada uno estaría de acuerdo con él en todo y decidirían seguir sus consejos con gusto, para crear así un nuevo orden en la Tierra, aunque temerosos por momentos, todos los líderes del mundo se preguntaban por qué Martín los involucraba a ellos para salvar al mundo y no lo hacía él con un milagro. Eso los intrigaba, los preocupaba, mas nunca le cuestionaron nada, tomaron sus precauciones e hicieron sin dudar lo que Martín les ordenaba. La verdad era que Martín se había tomado muy en serio lo que le había dicho Dios, que lo tenía que impresionar, y a pesar de que Dios le encargó a Martín y no a los líderes del mundo salvar la Tierra, esta fue la decisión de Martín, él tenía una sorpresa para Dios. Martín sabía exactamente lo que hacía y sabía que todo tendría un final feliz. No había querido llevarse todos los créditos, había querido hacer partícipe a la humanidad y no nada más a los ricos y a los poderosos, sino a todos, para que estuvieran orgullosos de ellos mismos. Él tan solo los iluminó, todo en secreto. Por otro lado, en las redes se hacían apuestas para adivinar a dónde iría Martín al día siguiente. Para entonces ya eran las tres de la tarde, y Martín tenía hambre. Quería ir a comer algo, así que se tumbó de nuevo en la cama y se fue volando suavemente a Guiza. La cama se acercó hasta llegar justo enfrente de un restaurante muy mono; era un local familiar, al parecer, muy popular, de nombre Las palmeras. Bajó de la cama y entró, todos se pusieron de pie y guardaron silencio, menos los niños, ellos corrieron gritando su nombre. Pudo ver que era un lugar muy acogedor. Había un jardín al fondo y efectivamente unas palmeras y juegos para niños. Esto le gustó mucho. En ese momento apareció el encargado del local, que lo recibió.

—Buenas tardes, don Martín. Qué sorpresa y qué gusto tenerlo aquí, en nuestro restaurante Tengo una mesa para usted.

Martín le dio las gracias en un perfecto árabe. Por cierto, Martín hablaba perfectamente todos los idiomas de la Tierra, incluyendo todos los dialectos, el braille y el lenguaje de señas.

Las personas, sorprendidas, lo miraban. Los niños, al verlo, gritaban de emoción, se acercaban para abrazarlo y besarlo, Martín tomó a uno de ellos y lo subió a sus hombros, empezó a caminar hasta llegar a su mesa, tomó al niño entre sus brazos, le dio un beso y lo dejó en el piso y le dijo "Sigan jugando, ¡vayan!". Todo el chiquillerío corrió al jardín para seguir jugando. Finalmente, Martín tomó asiento. Un mesero se acercó y le preguntó si quería algo de beber; él le contestó que sí y pidió un Bloody Mary. Martín empezó a ver a los niños jugar con la mirada fija por momentos, como si recordara su niñez. Segundos después llegó el mesero y dejó sobre la mesa el trago que había pedido. Le preguntó si iba a querer algo de comer, y él le dijo que sí, que ya sabía lo que quería: unos camarones al ajillo y una copa de vino blanco semidulce, el mesero tomó nota, pero por alguna razón personal decidió contradecir a Martín en sus deseos, y le preguntó si no prefería un vino seco, mientras lo miraba extrañado por su decisión, Martín giró para mirarlo, un tanto extrañado también por su pregunta, y le contestó que no, que quería semidulce y espumoso, que necesitaba un poco de azúcar, que si había algún problema, que si pasaba algo con su decisión. "¡No!, está bien, señor, como usted ordene", y se retiró. Inmediatamente Martín se dijo "¡Pos este! Qué problema tiene la gente con el vino blanco semidulce o dulce, ¡a mí me parece que está muy rico! ¡Ay, Dios!, ¿y yo por qué hablo así? ¿Qué me está pasando?". Por momentos Martín olvidaba que era mexicano. Martín, que seguía contemplando a los niños, pasaba así su cuarto día tranquilo. Parecía que nada lo preocupaba. Minutos después llegó la comida a la mesa, y él comenzó a comer con muchas ganas. Siempre tenía muy buen apetito. Las personas comentaban que daba gusto verlo comer. Sin dejar de ver a los niños jugar, terminó sus camarones y su copa de vino. En ese momento, el mesero se acercó y le preguntó si iba a querer algún postre, a lo que él respondió que sí, que quería una rebanada de pastel de boda, el mesero le dijo que enseguida lo traía y se retiró. Era una tarde hermosa. Los rayos del sol atravesaban las palmeras, reflejando sus sombras alargadas en las mesas, todo era hermoso, parecía el momento perfecto de su vida, acompañado de todas esas familias y sus hijos. Por cierto, estas palabras, "familia" y "niñez", eran un tanto tristes para él, su significado siempre le traía recueros desagradables, los traumas de la niñez, de los que no estaba exento lo acompañarían para siempre. Finalmente, llegó el pastel a la mesa. Martín lo miró y dijo: "¡Se ve buenísimo!".

Pasando la lengua por sus labios, tomó el tenedor y pinchó un pedacito de pastel, sin dejar de ver a los niños que brincaban por todos lados, fue acercando el tenedor a su boca cuando súbitamente un viento pasó y desprendió un coco de una de las palmeras, justo donde jugaban los niños. Ya casi con el bocado en la boca, Martín, percatándose del peligro, pegó un brinco, sin poder probar el pastel, y voló hasta el jardín. Nada más pudo ver el coco estrellarse contra la cabeza de uno de los niños que jugaban, era justo el niño que momentos antes había cargado en sus hombros. No le dio tiempo de atraparlo; fue cuestión de segundos. El niño murió en el acto. Con el niño en sus brazos, Martín gritó: "¡No!".

Toda la gente se quedó paralizada cuando otro grito se escuchó: era la madre del niño, que corría hacia él. Martín se lo entregó con la cabeza llena de sangre. La madre, a gritos, preguntó:

—¿Qué es lo que ha pasado?

Una niña le contestó que le había caído un coco mientras jugaban. La madre, bañada en lágrimas, con el niño en los brazos, le pidió a Martín que lo reviviera.

—Por favor, Martín, revive a mi hijo, ¡revívelo!

Él lo tomó de nuevo en sus brazos y, cerrando los ojos, recurrió a todos sus poderes, pidiendo que viviera de nuevo. Pasaron unos segundos, pero el niño no revivió, se quedó ahí, muerto. Martín, sin decir nada, le devolvió el niño a la madre desconsolada, se puso de pie y salió del restaurante. La gente, que lo había visto todo, no podía creer lo que había pasado, el hecho de que Martín que no hubiera podido revivir al niño los sorprendió. Pensaban qué sería de ellos si Martín fallaba. Martín, sin entender lo que había pasado, salió del restaurante caminó hasta su cama y subió a ella. Ya era de noche, y regresó a las pirámides. En el camino, se preguntaba el porqué de lo sucedido y por qué no había podido revivir al niño, que tal vez por un momento había olvidado que Dios no estaría presente en todo, y por eso había pasado. La verdad era que Dios había decidido no darle todos sus poderes. Esta vez no sería tan fácil para Martín. Cuando llegó a las nuevas pirámides de oro, se quedó ahí, pensativo, hasta que se durmió. No había nadie. Después de un par de horas, se empezó a ver a lo lejos una luz y una persona que se acercaba. Fue llegando poco a poco hasta que se pudo ver una silueta; era un hombre el que se acercaba: era Tutankamón, que venía a saludar a Martín. Se acercó a la cama y pudo verlo dormido. Enseguida, vio las pirámides y la Esfinge, y, sin poder evitarlo, soltó una pequeña carcajada, llevándose las manos a la boca, y suspiró, diciendo: "Gracias, Martín".

Pasó unos minutos ahí y después, caminó otra vez por donde había llegado hasta desaparecer detrás de la pirámide. Martín pasó ahí la noche y ahí despertó. Cuando la mañana llegó, había un hombre a su lado, era un tipo que vestía una túnica y un turbante, llevaba barbas negras e iba montado en un camello. Martín lo miró. El señor bajó del camello, se acercó a él, le dio los buenos días y le preguntó qué iba a querer desayunar. Martín, que lo miraba fijamente, lo saludó y le dijo que deseaba unos huevos a la mexicana, jugo de naranja con zanahoria y nada más. El señor le preguntó si mejor no prefería tomar un desayuno del lugar, que si no se le antojaba desayunar algo de esas tierras. Martín lo meditó un momento y le contestó que sí, que era buena idea, que le trajera lo que él pensara conveniente.

—Está bien, don Martín, en un momento se lo traigo. Ah, le ha traído los periódicos de esta mañana, ¡será mejor que los lea!

—¿Cómo? —preguntó Martín, todavía un poco dormido—. ¡Sí!, ¡tiene que leer los periódicos! ¡Aquí están! —y los dejó a un lado la cama y se retiró.

Martín se incorporó y tomó uno de ellos.

—¿A ver qué pasa?

Lo abrió, y pudo ver el encabezado con letras muy grandes que anunciaba una noticia sin precedente en el mundo. "¡Comida para todos! ¡Dinero para todos!". Martín, sin entender bien, dijo "¿Qué?", y empezó a leer sin poder creer lo que leía, su cara de sorpresa y alegría eran el deleite de todos los reporteros y fotógrafos que ya estaban ahí, Martín pudo ver que mientras él dormía, todos los líderes del mundo habían empezado a proponer soluciones para erradicar la pobreza, el sufrimiento de las personas. Sin esperar más, todos los líderes del mundo querían aportar algo para hacerlo, diferentes propuestas, dos en particular se hicieron saber esa mañana: unos decidieron dar de comer a toda la población de la Tierra gratis, ¡sí! Se notificaba a la humanidad que todas las empresas alimenticias como supermercados distribuidores, apoyadas por los ricos del mundo y por supuesto por el gobierno y todos los proveedores, se organizaban felices para hacer esto una realidad, dejando a un lado todos sus intereses, para ayudar a la gente que tanto les había dado. Se encargarían de distribuir alimentos a la población que no los tuviera y que los desearan; todos los pobres del mundo, toda la gente caída en desgracia o que quisiera comer podría acceder a los alimentos sin ningún problema. Se construirían comedores gratuitos en todos los países del mundo, en todas las ciudades y en pueblos más remotos de la Tierra, habría centros de ayuda donde la gente podría desayunar, comer y cenar cuando quisiera, por siempre. Esto había sido resuelto ese mismo día en una reunión que se había realizado mientras Martín dormía. La otra noticia sin precedentes era que todos los bancos del mundo darían dinero a las personas para que pudieran emprender un negocio y sacar sus vidas adelante, parecía que ahora los líderes y los altos mandos se disputaban el poder de ayudar a la humanidad, como si fuera un concurso. Todos querían participar. En alguna ocasión uno de los más importantes líderes de la humanidad, el Papa, comentó que el dinero era el diablo. Eso podría ser una gran verdad, claro, si el dinero estaba en manos de la maldad o de la estupidez, pero en manos del bien y de la inteligencia, el dinero era un milagro. Estos préstamos no tendrían ningún tipo de interés, solo el propósito de ayudar a las personas para que tuvieran una mejor calidad de vida. Todos los banqueros y ricos del mundo dejaron sus temores y se regocijaron en su inteligencia, la cual los había hecho ricos y ahora los ayudaba a crear una clase media en todo el mundo. El que pudiera amasar una fortuna por su trabajo y su astucia sería libre de hacerlo. Era la primera vez en la historia de la humanidad que no era nesesario ser pobre en bienes materiales para ser rico interiormente y de espíritu. Se podían tener todas las riquezas al mismo tiempo, las materiales y las espirituales irían de la mano, la verdad era que nadie quería ser pobre nunca más, la gente podría decidir ser clase media o rica según sus creencias y sus deseos y tener todas las virtudes por supuesto, todos esos valores coordinados milagrosamente. Todo esto sería de tal manera, que los ricos del mundo no se verían perjudicados, no perderían ni un solo centavo, por el contrario, este dinero pronto regresaría a ellos por duplicado, se activaría la economía. Tan solo tenían que desprenderse del dinero por un tiempo, y después la vida los premiaría. La verdad era que ellos sabían que podían hacerlo, que era posible, nada más estaban esperando temerosos que Dios los iluminara encausándolos en su destino, para eso se habían hecho multimillonarios, para ayudar a los demás, y claro, a ellos mismos, dándose el gusto y el placer por el bien, muchos no lo sabían, nunca se pusieron a pensar en eso, estaban muy ocupados con ellos mismos, algunos sí lo sabían y siempre ayudaron, aunque nunca había sido suficiente. ¡Pues ahora sí! Ese sería el principal sentido de tener mucho dinero: ayudar. Martín estaba ahí para ser el mediador. La luz que sus corazones estaba necesitando, y por la cual lloraban a solas por las noches, por dentro y sin entender el porqué de este sentimiento de ignorancia insensible, ya que la codicia no quiere saber de pobrezas y esta es una cegera permanente aunque se pueda ver., esa luz había llegado ahora. Todos ellos finalmente eran completamente felices, ya nada les faltaba, ahora sí eran los hombres y las mujeres más ricos del mundo cuando Dios por medio de Martín les quitó la venda de los ojos. Todo el periódico se refería nada más que a esto, Martín dio un grito de alegría: "¡Eso es! ¡Bien!, ¡así se hace!, ¡¡vamos bien!! Aunque la batalla no está ganada, ya estamos empezando. ¡Felicidades, humanidad!". Claro, Martín se refería al calentamiento global, que era lo que más le preocupaba, ya que en este tema no había vuelta atrás, pero que seguramente sí tendría solución. Después de ver este cambio que ya estaban tomando todos sus líderes en el mundo, Martín dijo "¡Qué felicidad!", mientras miraba al señor que lo atendía. Su cara le sonaba de algún otro sitio. Claro, era el mismo hombre de siempre, que lo atendía. A veces, lo veía con turbante y barba negra; otras, con barba roja y con sombrero, siempre con diferentes *looks*. Martín no entendía bien, no podía reconocerlo. Mientras tanto, Dios en el cielo comentaba para Él: "Vaya, todavía no termina la semana que le he pedido a Martín, y ya empieza a sorprenderme, ¡qué alegría!". Dios no dudó en romper las reglas, su curiosidad fue tal, que finalmente se enteró de lo que pasaba esa mañana en la Tierra. Martín se dispuso entonces a desayunar. Mientras lo hacía, pudo ver que no había gente; solo los medios estaban ahí. Sin emitir palabra alguna, subió a la cama y se alejó. Se fue volando y pensando que no había nadie para despedirlo; a pesar de la gran noticia, el gran acontecimiento, no había casi nadie. Tal vez por lo que había pasado con el niño, su muerte, que todo mundo vio después por todos los medios, por eso la gente no había sabido qué hacer. Se fue, entonces, de ahí, esta vez con rumbo a China.

Quinto día: China

Esta vez, Martín voló tranquilo, mirando el paisaje. Al parecer, le encantaba la naturaleza, disfrutaba de volar observando todo: las plantas, los árboles y las palmeras, el cielo azul o estrellado y los pájaros alados, las nubes, el sol, las hojas muertas siempre despiertas y bailarinas y hasta el insecto más insignificante, todo ya era importante para él. De un momento a otro apareció la ciudad de Pekín. Fue acercándose poco a poco a unos hangares: era la televisión china, adonde llegaba. Fue bajando lentamente hasta que alguien lo vio y dijo: "¡Miren, es Martín!".

Inmediatamente, todos se voltearon para verlo. Bajó justo en las puertas del estudio A, el más importante. Caminó hacia dentro. Estaban todos callados. Uno de los comentaristas hablaba: estaba dando las noticias. La gente que seguía a Martín y que hacía ruido delató su presencia. Todos se dieron cuenta de que estaba ahí. El comentarista, sorprendido, dejó de dar las noticias y comentó:

—¡Ha llegado Martín Cortés al estudio!

Inmediatamente todas las cámaras lo enfocaron. Martín, al ver esto, subió al plató y, mirando a una de las cámaras, empezó a hablar. Todos callaron.

—¡Hola, China! ¡Hola a todo el mundo! He venido a darles una noticia. Quiero que todos estén pendientes mañana de Internet. A las siete de la noche daré un comunicado a la humanidad. Ya tengo el plan de acción para salvar la Tierra.

Consulten su red favorita. En todos lados, podrán verlo. Mañana iré a Nueva York para hacerlo y luego el día siguiente les daré a conocer lo que me ha pedido Dios para salvar la Tierra. Su participación, su decisión es muy importante. Por eso, son ustedes los primeros en saber de qué se trata, porque tienen el derecho a saber y porque pueden decidir su futuro, yo los ayudaré, pero necesito de ustedes. En ese momento alguien le preguntó:

—¿Y qué va a decir Dios de esto? ¿No te lo ha encargado a ti?

—Dios no dirá nada, lo respetará. Ahora, me despido, que estén todos bien, hasta pronto.

De inmediato, todos se le acercaron. Martín caminó hacia la salida. Todos lo seguían y lo tocaban. Él no decía nada; tan solo sonreía como siempre. La gente estaba en verdad muy emocionada. La noticia corrió por toda la Tierra. Finalmente, Martín daría a conocer el plan de acción para salvar el planeta antes de que Dios lo supiera. Había querido involucrar a todos los seres humanos, Dios no decía nada. La gente no podía creerlo; todos esperaban el día siguiente con ansias. México era entonces el punto de mira de todos, y Martín, su salvador. Ahora nada más restaba esperar. Después de esto, Martín se fue volando de nuevo. Subió a su cama y voló rumbo a la Ciudad Prohibida. Llegó al palacio, mientras lo contemplaba asombrado por su grandeza, bajó de la cama y se estiró un poco cuando se empezó a escuchar una melodía a lo lejos: eran unos mariachis, que se acercaban tocando "Cielito lindo". Soltó una carcajada al escucharlos. Los mariachis tocaban, y Martín estaba feliz, cuando de repente apareció un hombre vestido de mandarín, de gran barriga y barba. Lo saludó:

—Buenas, don Martín. Qué gusto tenerlo aquí.

Martín lo miró y no dijo nada. Los mariachis se alejaron hasta dejarlos solos; entonces, el mandarín le dijo:

—Se acerca la hora de la comida... ¿Quiere usted comer algo?

—De momento, no —respondió Martín—. Me gustaría dar un paseo. Más tarde le digo si tengo hambre. Gracias.

Se fue caminando, admirando el palacio. Pasaron unos minutos cuando de detrás de unas columnas apareció de nuevo el mandarín con un vaso de agua y se lo ofreció:

—¿Agua, don Martín?

Martín, sorprendido, lo miró. Tomó el vaso de agua y lo bebió mientras lo miraba fijamente moviendo la cabeza de un lado a otro, ya un poco molesto. El mandarín, que lo miraba también con una sonrisa, tomó el vaso y desapareció.

—¡Pero qué! —dijo Martín—. ¿Quién es este personaje? Será mejor que no le dé importancia.

Por otro lado, los medios, que lo seguían discretamente, nunca le preguntaban nada; solo se limitaban a grabarlo. En ese momento después de haber paseado un rato más, decidió irse. Justo entonces apareció el mandarín, diciéndole:

—Martín, ha sido un placer. Todos tenemos nuestras esperanzas puestas en usted.

—Gracias —le contestó Martín—. No los defraudaré.

El mandarín le dijo:

—Déjeme acompañarlo. Esta vez hay mucha gente afuera.

Martín le sonrió, estaba muy bien. Al salir pudo ver que había cientos de personas esperándolo. Sin dudarlo, se acercó a ellos y los saludó con la mano y un beso. Estaba feliz de ver a las personas tranquilas, alegres y confiadas, todo era felicidad. Pero de repente una persona de entre la multitud se le acercó: era un hombre que llevaba un libro en la mano. Cuando Martín pasaba justo frente a él, el hombre se le acercó y le dijo:

—Martín Cortés.

Martín volteó y pudo ver al señor que le ofrecía un libro. Cuando estaba a punto de tomarlo, el mandarín se interpuso entre los dos, tomando el libro e impidiendo que llegara a las manos de Martín.

—Ya me encargo yo —comentó.

Martín, confiado, lo dejó y siguió saludando a la gente hasta llegar a su cama, subió a ella y empezó a volar. Mientras se alejaba, pudo ver al mandarín, que se despedía con una mano detrás. Martín, extrañado, lo vio alejarse y se acordó: "¡El libro! Es la primera vez que alguien me regala algo y lo he olvidado. Ya no puedo regresar", pensó. Y así fue. Minutos después, el mandarín ya estaba de regreso en el palacio. En una de las habitaciones, sacó su teléfono e hizo una llamada: era una llamada a Dios, y Dios le contestó.

—Señor —dijo el mandarín—, soy yo.

—¿Qué pasa? —preguntó Dios—. ¿Todo va bien?

—Alguien ha tratado de darle el libro a Martín.

—¿Cómo? —exclamó Dios.

—¡Sí! Se acercó justo cuando se estaba marchando, pero yo lo he impedido.

—Bien —contestó Dios—. Hay que tener mucha precaución. De ahora en adelante, seguramente tratarán de dárselo otra vez.

—Está bien, señor —dijo el mandarín.

Después Dios le preguntó:

—¿Qué ha comido Martín?

—Nada —le respondió el mandarín—. Le he ofrecido, pero no ha querido nada. Seguramente, todavía no tenía hambre.

—Está bien. Mantenme informado. Me despido. Hasta pronto.

—Hasta pronto, Señor.

La verdad era que Dios nunca dejaba solo a Martín; siempre estaba el personaje barrigón de barba que lo atendía y cuidaba e informaba a Dios de todo. Martín, que volaba finalmente, ya tenía mucha hambre. Se dejó llevar por su cama, que al parecer era ahora la que decidía a dónde iría a comer o a donde fuera. Sin más, se había ido quién sabía dónde. Minutos después, llegó justo a las puertas de un restaurante de nombre La Muralla, bajó de la cama y entró. Todos inmediatamente lo miraron sorprendidos y gritando "¡Martín! ¡Martín Cortés!". En ese momento, un mesero se acercó a él y lo invitó a sentarse. Le dio una mesa pegada al bufete que estaba ahí. Era una barra muy larga, con un sin número de guisados que humeaban y que se veían muy ricos. Al verlo, Martín abrió los ojos grandes, moviendo las cejas de arriba abajo, humedeciendo sus labios. "¡Se ve todo exquisito! ¡Mmmm! Esta vez tendré cuidado, trataré de no comer demasiado". Nada más esperó el momento adecuado y se abalanzó sobre la barra apresuradamente, se sirvió arroz frito y luego tomó unos rollos primavera, un poco de verdura, y, por último, el pollo asado bañado en salsa agridulce. Cuando lo probó, le gustó muchísimo: "No puede ser, está riquísimo, ¿qué voy hacer? Todos me verán comer y comer una y otra vez, ¡pero no me importa! ¡Comeré y comeré hasta quedar satisfecho!". Y así se sirvió un par de veces más hasta saciarse y preguntar qué comida era esa. El mesero le contestó que era el famoso bufete chino, un plato muy popular en toda la Tierra. Él le contestó que le había gustado mucho. Al final, se quedó ahí, sentado, bebiendo un vaso con agua, cuando un hombre se le acercó de nuevo muy discretamente con un libro en la mano y le dijo: "Martín, toma el libro, ¡léelo!, ¡toma!", y dejó el libro sobre la mesa.

Martín, un poco sorprendido, giró para tomarlo, cuando uno de los meseros se interpuso con una rebanada de sandía, impidiendo que Martín lo tomara. Al ver la rebanada jugosa, Martín no dudó en tomarla primero. Mientras la devoraba, el mesero tomó el libro y desapareció con él. Segundos después, regresó con otra rebanada, y así Martín se olvidó del libro otra vez. Por supuesto, nadie le decía nada, la verdad era que Martín también era muy despistado y después ya no recordaba las cosas, ya no preguntaba. Nadie era capaz de hacerle pasar un mal momento, así que callaban. Después de que terminó de comer, se levantó y caminó hacia la salida entre aplausos, saludando se retiró del lugar, dando las gracias a todos. En medio del griterío, se subió a la cama y se fue volando hasta la Muralla China. Una vez llegando ahí, la recorrió casi toda muy deprisa, de un lado a otro, pensando mientras la miraba: "Hombre, qué ganas de haber construido esto tan igual de principio a fin, ya podían haberle puesto una que otra escultura por ahí. Bueno, aún así me gusta mucho". Y siguió recorriéndola, recostado boca abajo, hasta que la noche llegó. Por momentos parecía que Martín no entendía el significado de la palabra "guerra". Pasado un tiempo, regresó a la ciudad de Beijing, a uno de sus barrios. Al llegar, pudo ver que era un lugar muy bonito. Bajó justo enfrente de una puerta. Era una casa linda. Acto seguido, tocó el timbre. Después de unos segundos, la puerta se abrió, y apareció una mujer que le dijo:

—Algo me decía que vendrías a mi casa esta noche. Pasa, por favor.

Era la señorita Cometa quien lo recibía.

—¿Y tú quién eres? ¿Por qué me siento ligado a ti? —preguntó Martín.

—¡Ya lo sabrás más tarde, vale!

—*Ok*, pero sí tengo que hacerte una pregunta que me gustaría mucho me contestaras.

—Claro, más tarde lo haré encantada —le dijo ella—, ahora sígueme. Se fueron directamente al comedor. Ya estaba la mesa puesta. Martín, al ver esto, comentó que había comido muy bien.

La señorita respondió:

—Me lo imagino. He preparado algo ligero, no te preocupes.

Y se dispusieron a cenar sushi. Martín no dijo nada, todo se veía muy rico, mas no sabía que la comida no era de ahí, de ese país. Cuando terminaron, por cierto un poco deprisa y sin decir casi nada, la señorita Cometa se puso de pie y le dijo:

—Es la hora de dormir. Te llevo a tu cuarto. Recuerda que mañana es un gran día y muy ajetreado y debes descansar.

—Qué bueno que lo comentes —dijo Martín—. Esta vez, tendré que salir muy temprano. El cambio de horario no me dejará dormir mis diez horas, pero no pasa nada, estaré bien, ¡no te preocupes!

Claro que esto era un pretexto para charlar con la señorita Cometa, ya que Martín podía manejar el tiempo a su antojo.

—Si quieres, ¿por qué no nos tomamos una copa de vino y me cuentas de tu vida? —dijo él, no hemos charlado nada, me gustaría conocerte más, sé que eres tímida, pero conmigo no tienes por qué serlo.

La señorita, encantada, le tomó la palabra y lo invitó a tomar asiento en el salón. Martín caminó, mientras observaba el lugar lleno de recuerdos de todo el mundo. Por un momento pudo ver en un rincón una pieza prehispánica hermosa, una bailarina graciosa de ojos rasgados situada en el lugar más importante en el salón, para que luciera más que los demás objetos de arte que tenía ahí, una luz estratégicamente situada la iluminaba, acentuando su belleza. Este detalle le gustó mucho. Después, la señorita Cometa llegó con el vino y las dos copas que usarían para beberlo, las que después de que se fuera Martín nunca lavaría. Colocaría cada una a un lado de la bailarina, a manera de un ritual amoroso. Ya sentados los dos, no dudó en contarle parte de su vida, las personas que había conocido gracias a su carrera, los lugares que había visitado y hasta los novios que había tenido. Martín, contento, escuchó todo lo que le contaba hasta que se quedó callada. En eso, Martín aprovechó para preguntarle algo:

—Señorita Cometa, perdona, pero ¿tú no eres de Japón?

La señorita Cometa respondió que sí.

—Entonces ¿qué haces aquí?

—Como puedes ver, yo no tengo ningún problema con esto. Me encanta China. Soy muy feliz aquí; hasta casa tengo.

Martín le dijo que se alegraba por ella y le comentó que se sentía muy identificado con ella en ese sentido. Finalmente, Martín le hizo la pregunta que le había comentado.

—Y dime una cosa.

—¿Qué, Martín? —dijo ella.

—¿Qué opinas tú de la idea de que los chinos llegaron primero a América?, ¿qué dices de esto?

—¡Ah, América! Eso era lo que me querías preguntar, ¿verdad?

—¡Sí, dime!

—Qué bien que me lo preguntes —dijo ella—. Por un momento pensé que nadie lo haría. ¿Qué te puedo decir, Martín?, estoy completamente segura de que ha sido así, basta ver la televisión de México, podemos constatarlo con los rostros que aparecen por las calles, por todos lados, ¡claro que sí! Mis padres en alguna ocasión me comentaron que sus abuelos le contaron que sus choznos habían sido los primeros que fueron a América.

—¿En verdad te contaron eso?

—Sí, desde niña escuché eso en casa. Tú me crees, ¿verdad? —dijo la señorita Cometa.

Martín la miraba un tanto sorprendido por lo que oía.

—Hombre, claro, señorita Cometa, ya lo creo, seguramente que sí.

—Claro, así fue —dijo ella.

—¡Ni lo dudes!, de hecho por eso he tenido tanto éxito con mi serie en aquellas tierras, algo hay de mí en ustedes, en sus genes, en su cultura, que ya he visto en algunas figurillas prehispánicas muy parecidas a las nuestras, como la que tengo aquí en mi salón. El ojo jalado es un rasgo que nos une de alguna manera con la América antigua, esta es una verdad irrefutable y aunque es una historia de hace cientos de años y que el pueblo mexicano ahora ni menciona, así ha sido, es la verdadera historia. Claro que después fueron otros, ya se puede ver también, pero primero fuimos nosotros. Eso me divierte mucho, el pensar que mis choznos fueron los colonos. ¡Es más!, ¿ya viste la figurita que tengo ahí en el rincón? —y se la señaló con el dedo—, ¿ya ves que es verdad?

—¡Sí, claro! —le dijo Martin—. Ya la he visto y qué te puedo decir, tienes toda la razón, ¡de qué otra manera pudo haber sido!

El orgullo de la señorita Cometa por esto tenía muy sorprendido a Martín. En eso, ella se puso de pie y le dijo:

—Es más: espérame un momento, te tengo una sorpresa, voy a mi habitación, ahora regreso, no tardo.

—Claro, aquí te espero —le contestó Martín.

Ella se retiró, y Martín se quedó pensando: "Hombre, nunca me imaginé que se lo tomara tan personal, al grado de inventarse esta mentira y creérsela, que sus abuelos han sido los que llegaron a México, siendo de Japón. Me lo tomo como un cumplido, su pasión y su alegría me han cautivado. Después de todo tiene razón, ya se pueden ver los rostros chino-americanos por todos lados. En fin, a ver qué es lo que hace ahora".

Unos minutos después apareció la señorita Cometa de nuevo haciendo una fanfarria.

—¡Tarán! —dijo levantando los brazos y el pie derecho hacia un lado.

Martín emitió un sonido de sorpresa. Estaba ataviada con un hermoso traje de china poblana, ¡sí: de china poblana!

—¡Qué sorpresa! —exclamó él—. ¡Nunca imaginé esto! ¡Qué guapa te ves!, ¡ahora sí que eres la auténtica china poblana!

—Sí, Martín, ¡mira!, qué guapa me veo. Te dije que quería mucho a tu país.

—Ya lo veo, me siento muy halagado por esto.

—Gracias —dijo ella.

—Bueno, me imagino que no sales a la calle vestida así, ¿verdad?

—¡Claro que sí! —contestó ella—. Todos voltean para verme y sonríen, ¡me mandan besos! —y levantaba la cabeza orgullosa.

—Está bien —dijo Martín—. Seguramente ahora eres más popular.

—Sí, lo soy. Todos se toman fotos conmigo, me invitan a sus casas y me hacen regalos.

—Vaya, te lo has tomado muy personal.

—Sí —contestó ella—, desde que me enteré de nuestro parecido, nuestro pasado, y he visto los rostros mexicanos, me he sentido muy feliz por esto. Aunque, como te repito, la historia tiene esto un tanto callado, porque aquí tampoco se habla mucho del tema.

—Sí, tienes razón, pero a mí sí me llena de orgullo, espero que a ustedes también algún día.

—Bueno —dijo Martín—. Eso del ojo jalado es un tema un tanto espacial en México, digamos que un tema un poco complejo que tú no entenderías bien, tendrías que ir a vivir allá para que te enteraras de todo. Tal vez no te gustaría saber cómo ha cuajado el pueblo mexicano. Será mejor que te quedes aquí, que lo ignores.

Finalmente, llegó la hora de partir. La señorita Cometa le expresó que sentía que no pudiese quedarse a dormir y que tuviese que descansar tan poco y volar tan deprisa. Martín le dijo que no pasaba nada, que él podía dormir un par de horas y con eso le bastaba, pensando para él "¡Dios, dormiré dos horas!". De hecho, el volar a grandes velocidades no era problema para Martín; siempre estaba protegido por una burbuja que dejaba pasar el aire de tal manera que parecía que iba de paso. Martín tenía un don muy especial, tal vez no podía revivir gente, pero Dios le había dado un gran regalo, Martín podía viajar a la velocidad de la luz, y más: podía viajar a cualquier parte de universo si lo deseaba, ¡sí!, eso hasta el momento no se había comentado en ningún lado, nadie lo sabía, porque

Martín era muy discreto, esta vez haría uso de sus bendiciones. Viajar era una de las cosas que a él más le gustaban. Martín se despidió. Ya era la una de la madrugada, y tenía dos horas para llegar. Se abrazaron y se dieron un beso en la mejilla.

—Gracias por todo. Tengo que llegar a Nueva York. Ya quiero dar a conocer el plan de acción a la humanidad. Adiós, señorita Cometa, ha sido un placer. Caminaron hacia la puerta. Martín se subió a la cama y se fue volando. Ella se quedó ahí de pie sonriendo con la cabeza inclinada. Ya por el camino y sin que nadie lo supiera, Martín aceleró su vuelo y de repente desapareció. Se fue volando a la velocidad de la luz y más, y nadie sabía a dónde, solamente desapareció y ya. Dos horas después Martín estaba en los Estados Unidos, su cara de sorpresa y de asombro era evidente, parecía que su viaje a velocidades nunca antes imaginadas le revelara verdades que solamente él sabía ahora y que serían su gran secreto, que algún día la humanidad, a su tiempo, tendría la oportunidad de conocer.

Sexto día: Estados Unidos

Martín sin dudarlo se fue directo a Manhattan. Justo en la Quinta Avenida, exactamente en el Rockefeller Center, cuando casi estaba por aterrizar, pudo ver que había miles de personas esperándolo. El día anterior, había comentado que iría a los Estados Unidos, a Nueva York, así que ya lo aguardaban. Era una fiesta. Por todo lo alto, festejaban que Martín hubiese escogido la ciudad de Nueva York para dar a conocer el plan de acción para salvar la Tierra, a toda la humanidad. Todos esperaban con ansias aquella revelación, así que la fiesta no se hizo esperar. Al bajar, Martín pudo ver que había un acto. Llegó justo al estrado, donde lo esperaban, ¡y cuál sería su sorpresa!, ¡¡¡lo recibió el mismísimo pato Lucas!!!, junto con el conejo Bugs Bunny, Elmer y el gato Silvestre.

—Bienvenido seas, Martín Cortés —dijo el pato Lucas.

Junto a ellos estaban también Speedy Gonzáles, Pluto, Piolín, Mickey Mouse, el pato Donald y la princesa Blanca Nieves con los Siete Enanos, las Urracas Parlanchinas, el Correcaminos y el Coyote, Piolín, la Mujer Biónica y el Hombre Nuclear. Todo era felicidad. En ese momento se empezó a escuchar la canción de Acuario, todos empezaron a cantar. Inmediatamente después aparecieron los Muppets. El pato Lucas le dijo a Martín:

—Quiero presentarte a Miss Piggy, la cual apareció con un vestido espectacular y su pelazo como siempre. Ella se acercó;

mirándolo emocionada, caminó hacia él con la boca medio abierta y sus manitas agarradas.

Martín la miró con cariño y le dijo:

—Es un placer conocerla, señorita Piggy —y besó su mano.

Ella lo miró con ojos enamorados y sonrojada.

Apareció entonces la rana René, que saludó a Martín.

—¡Soy la rana René!

—Hola, rana René. Es un placer.

Detrás de él acudió toda una serie de personajes, como pollos y ratoncillos. Llegaron los Simpson, los chicos de South Park, los Teletubbies, Beto y Enrique, los Locos Adams, la familia Munsters, Popeye, Olivia y Brutus, bueno, hasta las Bananas Split estaban. En ese momento aparecieron Tarzán y Chita, Batman y Robin, Batichica, el Guasón y el Pingüino, Superman y los Ángeles de Charly, seguidos de la Mujer Maravilla, los Picapiedras y los Supersónicos, además de la familia Ingalls. También estaban el Pájaro Loco, Bob Esponja, la Pequeña Lulú, la Pantera Rosa, el Inspector Dodó, Pinocho, Porky, Snoopy, el Oso Hormiguero, Scoobydoo, Penélope Glamour, el gallo Claudio, Don Gato y su pandilla, Topo Gigio, Tom y Jerry, Caperucita Roja y el Lobo Feroz, los Tres Cochinitos, Droopy, la Hormiga Atómica, la encantadora Betty Boop, Dumbo, Bambi, el simpatiquísimo Winnie Pooh, y muchos personajes más. Era una fiesta como nunca se había visto en Nueva York. Después de que terminó la canción, el pato Lucas se dirigió a toda la gente y al mundo:

—Martín, es un honor tenerte aquí, en la ciudad de Nueva York. Te damos la bienvenida. Gracias por elegirnos. Ahora, que empiece el desfile. ¡Todos a sus carruajes!

Y así fue. Había una flotilla de carros alegóricos estupendamente decorados, que esperaban a todos. Subieron a ellos y se dispusieron a desfilar por la Quinta Avenida. Justo antes de empezar el desfile se pudo oír otra canción, con la cual empezó el festejo: era "Qué será, será", o, en inglés, "What EverWill

Be Will Be". Todos cantaban. Al frente del desfile iba Martín con Miss Piggy y la rana René, acompañados también de la familia Simpson y el pato Lucas, por supuesto, y no faltaba la presencia de Eric Cartman, el cual en un momento lo saludó y le preguntó:

—Oye, Martín, ¿y dónde has estado ahora, que venías de China a Nueva York?

—¡Hora, Eric! ¿Qué dices?

—¡Sí!, que no se ha sabido nada de ti mientras viajabas, los radares no te han detectado en tu viaje.

—¿Los radares? ¡Ah, eso! —dijo Martín—. Lo único que te puedo decir es que no estamos solos.

—¿Cómo? —dijo Eric.

—¡Sí, que no estamos solos! He estado saludando a unos amigos que recién he hecho, gente de otros mundos.

Eric Cartmar lo miró con los ojos grandes, mientras Martín le decía que sí, moviendo su cabeza de arriba abajo. En ese momento Homero Simpson los interrumpió y les gritó a todos sujetando en alto el brazo izquierdo de Martín:

—¡Una porra para Martín!

Y como si todos ahí fueran mexicanos, hicieron la porra a todo pulmón:

—¡A la bio!, ¡a la bao!, ¡a la bim bom ba!, ¡Martín, Martín, rarara!

Después se escuchó un griterío. Era una fiesta como nunca se había visto en Nueva York. En realidad, festejaban el triunfo de las fuerzas del bien sobre las del mal, que ya se podían ver por toda la Tierra. Así continuó el desfile, de repente Bugs Bunny se levantó también y gritó a todos:

—¡Bailemos de alegría! ¡Bailemos!

Y justo en ese momento se empezó a escuchar "I WillSurvive", "Sobreviviré", de Gloria Gaynor. Todos bailaban por la Quinta Avenida. Todo era felicidad y alegría. Serpentinas y confeti caían sin cesar; globos y palomas salían por doquier, tampoco faltaban cuetes por todos lados. Martín, que encabezaba el desfile, no dejaba de sonreír y saludar a todos. En ese instante, volteó para ver a Miss Piggy y pudo ver que lo miraba un tanto sospechosa, intentando decirle algo con la mirada. Traía con ella un bolso, lo abrió y se lo mostró, diciéndole:

—¡Mira adentro!

Martín no podía ver bien lo que había dentro del bolso. La rana René, que miraba para todos lados, un tanto preocupado, le dijo:

—¡El libro, Martín! ¡El libro! ¡Tómalo!

Entonces Martín se percató de que había un libro.

La gente que los miraba no decía nada, como si supiera que tarde o temprano tendría que leerlo. Finalmente, Martín tomó el libro comentando, ya lo había olvidado. Justo cuando se disponía a abrirlo, miró a Miss Piggy y a la rana René. Sus caras un tanto sospechosas le hicieron dudar y pensó para él: "No creo que sea buena idea leerlo, y menos ahora", y dejó el libro de nuevo en el bolso de Miss Piggy. Ella lo miró y, sin decir nada, cerró el bolso y se quedó callada. Curiosamente, en esta acción no apareció nadie para impedir que Martín leyera el libro, y claro, Dios se encargó de que no apareciera por Internet y por ningún lado. Al parecer, ya no tenía interés en este; más bien, se había mostrado un tanto asustado. La forma en que se lo habían querido hacer llegar siempre había sido un tanto sospechosa, así que siguieron su recorrido, hasta que llegó la hora de la comida. Se organizó una gran barbacoa en Central Park. El menú fue texmex. Cuando llegaron todos ahí, bajaron de sus carrozas y se adentraron en el parque. Una vez ahí, empezó la comilona, todo estaba exquisitamente organizado, arreglos florales decoraban las mesas que se habían dispuesto para el banquete, adornadas también con banderas de todos los países del mundo, todos se dispusieron a sentarse para comer los majares que se servirían para festejar el momento, ya todos en la mesa empezaron a degustar burritos, tacos, enchiladas y demás, cuando de repente, a lo lejos, se empezaron a oír unos gritos: era la multitud que gritaba. No se entendía bien de qué se trataba lo que decían, hasta que finalmente, al acercarse, Martín pudo oír que la gente insultaba a alguien. Se podía oír que gritaban: "¡Monstruo pervertido!". Por otro lado, otras personas alababan: "¡Artista! ¡Genio!". Y así, la muchedumbre que se fue acercando a Martín no dejaba de gritar, hasta que alguien de entre ellos apareció: era Michael Jackson. Martín, sorprendido, lo vio llegar, se puso de pie y les dijo a todos que se callaran.

—¡A callar todos! —dijo Martín, y todos callaron.

Martín se levantó de la mesa y caminó hacia Michael. Cuando llegó frente a él, Martín estrechó su mano y lo abrazó, ante la sorpresa de todos. Le dijo:

—Hola, Michael. Yo soy Martín Cortés y soy tu amigo.

Los medios lo transmitían por todo el mundo sin dejar pasar detalle. La humanidad entera contemplaba a Martín y a Michael juntos. Michael le preguntó a Martín:

—¿Por qué yo, Martín? ¿Por qué?

A lo que Martín contestó:

—Has sido tú, Michael Jackson, el elegido de entre todos los humanos para una misión muy importante, la cual has cumplido como artista y como ser humano. Tu sufrimiento no ha sido en vano. Después de ti, la Tierra es un lugar mejor.

—No entiendo, Martín. Explícame, por favor. ¿De qué hablas? —preguntó Michael.

—Sí —le dijo Martín—. Si tú hubieses ido a prisión siendo inocente, ¿qué habría pasado? Ya puedo imaginar a la humanidad regocijada por tus desgracias, atacándote llena de veneno, lista para que las fuerzas del mal hicieran de las suyas, una humanidad envenenada es como un borrego manso y menso, esto ya se ha visto en la Segunda Guerra Mundial y muchas veces más. Imagina ahora siendo tú el rey del pop. Famoso en todo el mundo, y como están ahora los medios de comunicación, no faltaría un demonio, un líder que los manejara, que los manipulara, tal vez eso no conduciría a una guerra como las que conocemos, pero sí a un retroceso en sus mentes, que seguramente podría llegar a decisiones primitivas y crueles en el futuro y finalmente a una guerra en sus corazones, dejándolos ciegos aunque pudieran ver. Pero no ha sido así, Michael, gracias a ti, por lo que has hecho por todos, por lo que has sufrido y por tus acciones para alejar a las fuerzas del mal, acicalando a la humanidad con tu ejemplo y con tu bondad, haciendo a los hombres, las mujeres y los niños más tolerantes, respetuosos, e inteligentes. Te doy las gracias en nombre de Dios y de toda la humanidad. Por favor perdona tanta maldad e ignorancia, perdónalos.

Michael se quedó mirando a Martín con ojos grandes y le dijo:

—Gracias, amigo.

En ese momento, todos entendieron el sufrimiento ajeno. Todos comprendían la verdad. Seguidamente se empezó a escuchar "Billie Jean" por el Central Park, a todo volumen. Lo que es ser un artista: Michael empezó a bailar. Todos se quedaron con la boca abierta. Michael cantaba, y todos con él, cuando llegó el momento de hacer el *moonwalker*. La gente gritaba su nombre como loca "¡¡Michael!! ¡¡Michael!!". De pronto, de entre la multitud apareció la Muerte y se llevó a Michael otra vez y, con él, la fiesta. Todos callaron por un momento, entristecieron, entonces Bugs Bunny se puso de pie de nuevo y les dijo:

—¡Hay que sonreír ante el infortunio!

Y todos se tranquilizaron intentando sonreír de nuevo, hasta que lo lograron, y la fiesta siguió con más fuerza todavía. Martín se sentó en una banca y se quedó ahí, pensativo, cuando de repente pudo sentir una mano en su hombro. Volteó y pudo ver a ET, que lo miraba, y le dijo:

—No estés triste. Michael está en un lugar maravilloso.

Martín lo miró y le respondió:

—Lo sé. Yo he estado ahí.

Para ese entonces ya casi eran las siete de la noche. El mundo entero estaba pendiente de Internet, como lo había pedido Martín, hasta en las aldeas más remotas. Todos estaban esperando el momento. Un rato después, Martín se puso de pie y empezó a caminar. Miss Piggi fue detrás de él. Martín le dijo que quería seguir a solas. Ella lo miró cariñosamente y le respondió que sí. Martín la besó y la dejó junto a la rana René. Se fue caminando. Entonces, todos callados lo miraron alejarse. Siguió avanzando hasta quedarse completamente solo. Ya faltaban solo unos minutos para las siete. Martín se acercó a una banca y tomó asiento. Sacó su computadora, pero no la abrió, se puso de pie y caminó un poco, cuando se empezó a escuchar una melodía: era la canción "New Kid in Town", de Eagles. Entonces, comenzó a cantarla como si él mismo la hubiese compuesto. Se pudo escuchar a Martín cantar por todo Manhattan. Cantaba muy bien, por momentos hermoso, hasta que terminó la canción. Se acercó de nuevo a la banca y tomó su ordenador; lo abrió, escribió unas cuantas palabras y después se quedó pensativo, mirando su computadora con ojos enamorados, para después tocar la tecla Enter. Suspiró, cerró el ordenador sin volver a mirarlo por el momento. En ese instante, Martín daba a conocer el plan de acción a la humanidad. En cuestión de minutos todos empezaron a enterarse de qué se trataba, en toda la Tierra la gente empezó a saber cuál era el plan de acción para salvar al planeta, la humanidad estaba muy sorprendida por lo que Martín había decidido hacer, a todos les encantó la idea, su decisión. Todos le dijeron que sí con el pulgar hacia arriba. La raza humana estaba más hermanada que nunca. Finalmente, la noche llegó. Todos esperaban el día siguiente, cuando Martín daría a conocer el plan de acción a Dios, así que Martín dio un brinco y salió disparado. Se fue volando por los rascacielos de Manhattan hasta llegar a la cima del edificio Chrysler. Ahí, en una de sus águilas, abrió de nuevo su computadora. Nada más se pudo escuchar a Martín soltar una gran carcajada. Estaba en verdad feliz. Ya eran las siete y media de la noche. La humanidad entera se había conectado a Internet como él lo había pedido. Todo iba bien, como lo esperaba, y esto se pudo ver, sobre todo en su cara. Al parecer, el plan de acción había sido un éxito. Todos habían estado de acuerdo con él. Martín, emocionado y un poco cansado, se quedó dormido, temprano esta vez, ahí, en el edificio Chrysler, en una de sus águilas, completamente feliz.

Séptimo día: México

A la mañana siguiente, Martín despertó un poco tarde, como de costumbre. Ya eran las doce del día. De pie ahí, en el edificio Chrysler, contempló la ciudad de Nueva York por unos minutos más, admirando el poderío y el buen gusto de la raza humana cundo se lo proponía. Después se fue volando, esta vez ya sin su cama, quiso volar por sí solo. Su cama, por cierto, más adelante fue exhibida en el Museo de Arte Moderno de Nueva York, como la pieza de arte contemporáneo más importante del museo y del mundo, tan solo era un colchón con un edredón blanco y sus sábanas blancas también y por supuesto una almohada de cuerpo completo que él adoraba y que han remplazado por una copia para mandarle a Martín la original. Martín voló con rumbo a la Ciudad de México. Una vez allí, se fue directo al Ángel de la Independencia. Pudo ver que había mucha gente, cientos de miles de personas que lo recibían. Era un día hermoso, despejado. Martín observó desde el cielo miles de rayos de luz que destellaban desde todos los puntos de la ciudad. Eran las personas que se habían puesto de acuerdo en llevar unos espejos para reflejar la luz del sol. Era todo un espectáculo. Martín llegó más contento que nunca. El Ángel de la Independencia era su lugar favorito, todos los medios estaban también ahí. A continuación, Martín se posó en los hombros del Ángel, mirando a todos. Sonreía feliz, orgulloso; saludaba a todos con la mano. Había un griterío. La gente festejaba por todo lo alto. De hecho, desde que Martín había llegado a la Tierra, la gente no había dejado de festejar. Después, con el tiempo, esa semana sería conocida y celebrada en todo el mundo como la Semana Martiniana. Sería un festejo mundial como la Navidad, pero duraría una semana entera y no un día. Sería una semana de fiestas y de comilonas, desayuno, comida y cena por siete días, del 22 de noviembre al 29 de noviembre. El 30 de noviembre —fecha en que Martín había presentado el plan de acción a Dios para salvar la Tierra— sería el Día de la Salvación, y a pesar de que con ese día eran ocho jornadas, que fueron los que finalmente estuvo Martín de regreso en la Tierra, la gente lo decidió así. Fue un pilón de la vida. Después de una semana de festejos, necesitarían un día para descansar, lo que resultó perfecto. Sería un día tranquilo, de descanso, de meditación y de oración, de agradecimiento a Dios por haber traído de vuelta a la vida a Martín para ayudar a la humanidad.

En ese momento, Martín les habló a todos:

—Hermanos míos, el día ha llegado.

La gente no dejaba de gritar. Martín les sonreía.

—Ayer, como todos ya saben, les he mandado un mensaje por Internet, por el que les informé el plan de acción para salvar a la Tierra. Estoy muy contento con los resultados. Todos ustedes están de acuerdo. Esto me hace muy feliz. Estoy muy orgulloso de todos ustedes.

El hecho de que toda la raza humana estuviera de acuerdo era todo un acontecimiento, un éxito mundial sin parangón. Después de todo lo que habían visto, las personas no podían creer lo que estaba pasando, por momentos pensaban que parecía un montaje, una película donde ellos eran los protagonistas, una película de final incierto, dudoso, como si alguien en el desenlace pudiera truncar todo, como muchas veces suele suceder. La gente en el fondo todavía estaba un poco asustada de las fuerzas del mal. Tan solo faltaban unas horas para el gran momento. Las personas, que no creían todavía lo que estaban viviendo, esperaban tranquilas a que Martín hablara con Dios. Lo que más anhelaban era el hecho de que todos podrían verlo, al menos así lo creían. Dios nunca dijo que estaría ahí para que todos lo vieran, pero al parecer sería así. Finalmente, la humanidad podría ver a Dios, que es lo que más habían deseado en sus vidas. Todos esperaban con emoción. Todo había sido muy bien coordinado. De todas partes del mundo llegaron representantes de los ámbitos del arte y de la cultura, además de los gobiernos, reinos y principados. Increíblemente, no había habido ningún problema con las distintas religiones. Todos acudieron sin decir nada, sin pleitos, el racismo y el maltrato quedaron erradicados de la Tierra, no había problemas, de ningún tipo. La homofobia, que tanto le había atormentado a la humanidad, fue superada por la gente, que se relajó y aceptó a todos los géneros con respeto. Todos sabían que tenían algún pariente gay o como fuera en su familia, que llevaba la misma sangre, este lazo no lo podrían destruir de ninguna manera y tampoco se iban a encargar de castigarlos por algo que no entendían, no aceptaban convertirse en unos monstruos maltratadores renunciando a ser buenos, era ya inconcebible. Estas personas muchas veces eran sus hijos o hasta sus mismos padres, primos, tíos o ellos mismos. Este tormento no lo iban a permitir nunca más. Así que ya todo era respeto, tolerancia y libertad, no había ninguna influencia perversa. Todos entendieron que cuando nacieron, habían sido libres de ese odio, de ese rencor que habían adquirido de niños, con el tiempo y el mal ejemplo de la humanidad confundida; ahora no había más prepotencias de ningún tipo, la inteligencia y la paz finalmente reinaban en toda la Tierra. En el fondo todos deseaban lo mejor para el prójimo, pero muchas veces estaban confundidos o influenciados por las fuerzas del mal, que es un experto en el disfraz y en la mentira, ahora todo era diferente, por primera vez todo era perfecto, todo era amor. La gente estaba ahí, viviendo lo que pasaba. Científicos y doctores, filósofos y artistas, empresarios y hasta el trabajador más humilde; la gente más pobre y los discapacitados de todo tipo también se hicieron presentes, esperando ver lo que pasaría. Aunque Martín después de todo esto ignoraba algunas cosas muy importantes, como el hecho de no saber nada de Jesús, su hermano. Al parecer, Dios no había querido que se enterase de Él, tal vez pensaba que ese saber podía ser un motivo para que no cumpliera con su misión. Después de un par de horas de que Martín arribara al Ángel de la Independencia, llegó la hora de la comida. Martín tenía mucha hambre; no había desayunado nada; tan solo una barrita energética que le proporcionaba su traje maravilla, pero eso era nada más para espantarle el hambre. Martín se quedó pensando adónde podía ir a comer, cuando de repente apareció un gorrioncillo pecho amarillo y lo saludó:

—¡Hola, Martín! Vengo nada más para decirte que hay una comida en tu honor en la casa de Frida Kahlo y Diego Rivera. Te están esperando. Sígueme.

Sin decir nada, Martín salió volando junto con el gorrioncillo hasta llegar a Coyoacán, a la Casa Azul. Aterrizaron en el patio. El gorrioncillo le comentó:

—Martín, te están esperando en el salón —y le indicó dónde estaba.

Martín se fue caminando hasta llegar a la puerta del salón. Pudo ver que había un sillón orejón que le daba la espalda, frente a un ventanal. Alguien que estaba ahí lo esperaba. Se podía ver nada más un humo que subía. En ese momento se escuchó una voz que le dijo:

—¡Martín Cortés, hijo de la Malinche y de Hernán Cortés!

Martín entonces pudo ver la mano de una mujer que portaba un anillo con un diamante gigante, y sujetaba un puro. Lo saludó:

—Bienvenido seas, Martín.

Martín se acercó hasta la ventana, volteó hacia el sillón y sorprendido pudo ver a una mujer hermosa. Inmediatamente, se puso de rodillas y besó su mano. En ese momento, la mujer se puso de pie, y Martín también, y le preguntó:

—¿Con quién tengo el gusto? ¿Quién eres?

Con una mirada profunda, la mujer le respondió:

—¡Yo soy, María Félix, la doña! ¡Y hoy tú comerás conmigo!

Martín, emocionado, nada más dijo que sí con la cabeza.

—Será un honor para mí, María.

—La verdad es que he estado esperando por ti toda mi vida —le dijo la doña.

Él, sin decir nada, sonrió. En ese momento, ella miró al reloj y comentó:

—Es la hora de la comida.

Martín contestó que era buena idea, que ya tenía hambre. La doña le dijo:

—Sígueme. Vamos al comedor.

Al llegar ahí, Martín pudo ver que había una mesa con manteles largos, puesta para dos personas. María le explicó cuál era su lugar, y los dos se sentaron. En eso, María le ofreció un vaso de agua. Parecía que Martín tenía mucha sed, bebió el vaso de un trago sin perder el estilo, todo lo que hacía se veía bien. Después María tomó dos copas y sirvió un vino tinto. Mientras la servía, María le preguntó:

—¿En verdad nos parecemos a Dios?

Martín contestó:

—Sí, María, y tú más.

No le tendría que haber dicho eso; María se quedó totalmente enamorada de él. Le comentó:

—Siempre me han comparado con la Virgen de Guadalupe, cosa que no me gusta mucho. Pero que me digas tú que me parezco a Dios me ha gustado. Gracias, Martín, para una mujer con corazón de hombre, es el mejor halago que le puedan hacer.

En ese momento se empezó a oír que alguien se acercaba canturreando, hasta que apareció: era Cantinflas, que venía de la cocina. Se paró justo enfrente de los dos. Martín, al verlo, soltó una pequeña carcajada. Cantinflas entonces le dijo:

—Buenas, don Martín. Soy Cantinflas, me da mucho gusto conocerlo.

Martín le contestó:

—El gusto es mío, Cantinflas.

Cantinflas le dijo a la doña que la comida estaba lista. Ella le respondió que estaba bien, que la sirviera. Cantinflas dio media vuelta y regresó a la cocina para disponerlo todo. Martín y María se quedaron en completo silencio, como queriendo soltar una carcajada, mirándose el uno al otro. Después de unos minutos, apareció Cantinflas con un carrito, lo colocó junto a la mesa y se dispuso a servir la comida. En ese momento Martín comentó:

—¡Qué bonita mesa han puesto!

—Sí —dijo María—. ¡Está preciosa!

El mantel de Brujas, la vajilla de limoges, copas de bacará, cubiertos de plata de Christofle y el centro de mesa de rosas, girasoles y margaritas blancas eran el marco ideal para esa comida.

María le comentó a Martín:

—Supimos que vendrías, y aunque ya estamos muertos, Dios nos ha revivido. Quisimos darte esta sorpresa, pero nos la hemos llevado nosotros dos, al ver lo que tenían guardado para recibir a sus amigos Frida y Diego, qué calladitos se lo tenían los comunistas estos, ¿verdad?

Y se dispusieron a comer. Primero, tomaron una crema de cilantro con un toque de aguacate que tenía muy buena cara. Justo después de servir la sopa, María le pidió a Cantinflas que abriese las cortinas del ventanal que daba al jardín. Cantinflas las abrió con gusto. Martín pudo ver que había un jardín precioso, secreto, en el cual había una escultura en el centro. Él tan solo pudo decir:

—¡Qué hermosa escultura!

A lo que María contestó:

—Soy yo, la diosa arrodillada.

Martín no dijo nada, y siguieron tomando la sopa hasta que la terminaron. Enseguida apareció Cantinflas, retiró los platos sucios y se dispuso a servir el segundo tiempo. En ese momento María lo interrumpió y le dijo que llevara un poco de agua. Cantinflas se retiró bailando, con el brazo pegado a la cintura y moviendo el trasero con gran estilo. Martín y María se miraron y sonrieron sin hacer ruido. El segundo tiempo eran chiles anchos colorados a la catalana rellenos de atún con salsa de mango al oporto y uvas frescas. Cantinflas regresó entonces con el agua y dispuesto a servir los chiles, los colocó con singular alegría y se retiró. Al ver el plato en la mesa, Martín no dijo nada hasta que se lo terminó. Finalmente, le comentó a María que estaban exquisitos.

—¿De dónde es esta receta?

María le contestó que le habían dicho que era de un chico mexicano que había vivido en Barcelona y los había inventado una noche con lo único que tenía en casa, que casualmente eran todos esos ingredientes.

—Pues vaya que sabía cocinar —dijo Martín.

Ella le preguntó si quería otro; él le dijo que sí. Inmediatamente, María dio un grito:

—¡Cantinflas!

En cuestión de segundos, Cantinflas apareció.

—Sí, María, dime.

—Queremos otro chile catalán.

—Enseguida —respondió Cantinflas, y regresó a la cocina.

Cuando Cantinflas volvió para servir los chiles, cuál sería su sorpresa: había un tercer lugar puesto en la mesa. Cantinflas preguntó:

—¿Y ese otro lugar?

María le respondió:

—Es para ti. Siéntate a cenar con nosotros.

—Gracias —dijo Cantinflas.

María sirvió los chiles catalanes, y se dispusieron a degustarlos. No decían nada, tan solo suspiraban cada vez que le daban un bocado a los chiles y, claro, cada vez que les daban un sorbo a los mejores vinos mexicanos de Baja California que ya estaban en la mesa. Finalmente terminaron. Bebieron un poco de agua, y en ese momento, cuando Martín probó el agua, le supo riquísima, como ninguna otra, y preguntó:

—¿De dónde es esta agua tan cristalina y pura?

—Es del principado del Cupatitzio—contestó María—, un jardín hermoso como ningún otro, está en el estado de Michoacán; para ser más precisa, en la cuidad de Uruapan.

Descansaron unos minutos. María se puso de pie y retiró los platos, cosa que les sorprendió, A continuación llegó la hora del postre, que María serviría alegre y cariñosa. Antes de probarlo, Martín los tomó de las manos y les dijo:

—Demos gracias a Dios por esta comida que hemos tenido.

—¡Gracias, Dios! —dijeron los tres, y se dispusieron a degustar el postre: dulce de macadamia acompañado con uvas frescas otra vez, traídos de Uruapan, Michoacán también, una delicatesen de ese lugar. Receta de una señora divina conocida como doña Tata que, al saber de esta comida, le pidió a Dios en sus oraciones que se los hiciera llegar, y así sucedió. Fue una comida perfecta. Después de terminar, la doña propuso un brindis. Se puso de pie al igual que Cantinflas y Martín.

—Quiero brindar por nosotros —dijo María.

—Por nosotros —contestaron ellos, y brindaron.

Martín, que no dejaba de mirar a Cantinflas, le comentó:

—Cantinflas, tú sí que no has muerto. He visto tu cara por todos lados desde que llegué a México. Me da la impresión de que nunca morirás.

Cantinflas le contestó:

—Sí, chato, lo sé.

Después de haber terminado de cenar, María les preguntó si iban a querer café y un coñac, a lo que ellos contestaron que sí. Ella les dijo que pasaran al salón, que en unos minutos los alcanzaba. Se levantaron de la mesa y fueron al salón. Ahí Cantinflas y Martín se quedaron contemplando los cuadros de Frida y de Diego. María se dirigió a la cocina, ¿a qué?, quién sabía. Parecía que ese era el lugar donde menos le gustaba estar, sin embargo había ido de prisa. Cantinflas le preguntó:

—¿A dónde vas, doña?

—Déjame, yo sé lo que hago —dijo ella.

Esa era la primera vez que los medios no estaban presentes; estuvieron solos todo el tiempo. En esa tranquilidad que les brindó la casa de Diego y Frida, de alguna manera estaban ellos ahí también. Ya en el salón, minutos más tarde, apareció María y les dijo:

—Muchachos, su coñaquito está aquí. Venga, traje café también.

María, emocionada, sirvió un expreso a los dos, que tomaron inmediatamente. A continuación, sirvió el armagnac y propuso otro brindis, diciendo:

—¡Yo, María Félix, brindo por que se acaben de una vez por todas el trauma y el sufrimiento americano! Sí, el trauma americano mundial. Me refiero a ser americano y estar en cualquier país del mundo, empezando por nosotros, americanos en América.

—Sí, que se termine —dijo Cantinflas—. Que se acaben de una vez por todas el trauma y el sufrimiento americano.

A lo que Martín agregó:

—Así es. Brindemos por América.

—¡Salud! —dijeron todos, chocando sus copas—. ¡Por América!

Al terminar de brindar, Cantinflas propuso una partida de póquer, a lo que inmediatamente dijeron que sí. Él sabía que no se iban a negar, y fue por las cartas que estaban en una cómoda ahí cerquita. Al parecer, todos eran expertos jugadores, se sentaron a la mesa y empezaron a jugar. Cantinflas tomó las cartas y las empezó abarajar como todo un profesional. A continuación las repartió, hasta para eso tenía gracia. Así, felices de estar juntos, jugaron la primera mano, que casualmente ganó Martín. María y Cantinflas lo felicitaron inmediatamente, y se dispusieron a seguir jugando. Para la segunda mano María comentó que quería repartir las cartas ella, y las tomó. La doña, como un mago, las barajeaba de un lado a otro, mientras Martín y Cantinflas la miraban sorprendidos. Las repartió, y empezaron a jugar, esta vez la partida les tomó más tiempo, hasta que terminó ganando Martín otra vez.

—¡Vaya!, ¡qué suerte la tuya! —dijo Cantinflas—. ¡A ver!, ahora tú barajea las cartas.

Martín, tranquilo, las tomó y las barajeó sin ningún alarde de nada. Las repartió, y empezaron a jugar. Esa fue una mano mucho más larga, por supuesto había dinero de por medio, como debe de ser. Martín llevaba dinero en su traje, algunos cientos de miles, nada más, cosa que le encantó cuando se dio cuenta de que los llevaba consigo. En ese momento Cantinflas y la doña sacaron sus fajos de billetes también. Conforme el tiempo avanzaba, las apuestas empezaron a crecer, en un par de horas ya era un dineral el que estaba en juego. Después de tres horas de estar jugando, increíblemente todos los juegos los había ganado Martín. María y Cantinflas ya estaban que echaban humo, nunca habían perdido en la vida, eso no les gustaba nada. Ya no les quedaba casi dinero, empezaban a ver a Martín con malos ojos. En un momento dado, la doña preguntó si no querían comer unos merengues para subir un poco el azúcar y ganar energía, ellos dijeron que sí, entonces María le pidió a Martín que por favor fuera a la cocina a traer unos, eran merengues de la Gran Vía, que le habían traído y que estaban en el refrigerador. Martín contestó:

—Sí, con mucho gusto, voy por ellos —se levantó y fue a buscarlos.

Entró a la cocina, caminó hacia el refrigerador y lo abrió. Pudo ver una charola gigante de plata de Tane repleta de merengues. Abrió los ojos y dijo "¡Mmm!, ¡merengues!". En cuanto Martín se fue por ellos, María le dijo a Cantinflas:

—No puedo seguir perdiendo una partida más, ¿y tú?, ¿no te sientes fatal?

—¡Sí! —dijo Cantinflas—. ¡Es una humillación! ¡Tenemos que hacer algo!

María le comentó que en donde había tomado las cartas, había visto que Frida y Diego tenían otro par que decía "Usar en caso de ir perdiendo".

—Seguramente han de estar marcadas —le dijo María—, ya sabes cómo usarlas, ¿verdad?

—¡Sí! —dijo Cantinflas—, por supuesto.

—Pues corre, ¡ve por ellas!

Cantinflas se levantó y fue rápido a tomarlas de un cajón de la cómoda, regresó y las cambió sin que Martín se diera cuenta, según ellos. Pero Martín sí alcanzó a ver, porque ya regresaba con los merengues y por la puerta que había quedado entreabierta pudo ver bien a Cantinflas cuando hacía el cambio. "¡Vaya con estos dos!", se dijo, y entró al salón como si nada. Llegó entonces y les dijo:

—Aquí están los merengues, ¡se ven riquísimos! —y los dejó a un lado.

—¡Gracias! —contestaron los otros—. ¡Sigamos jugando!

Martín devoraba un merengue sin pensarlo. Continuaron con la partida, no sin antes subir la apuesta con el resto del dinero que les quedaba.

María tomó las cartas, las barajó y las repartió mientras miraba a Cantinflas arqueando la ceja derecha con la cabeza echada un poco hacia atrás. Empezaron a jugar y en cuestión de minutos, María ganó.

—¡Gané, gané! —gritaba la doña—. ¡¡¡Gané!!!

Después Cantinflas dijo:

—A ver, ahora me toca a mí.

Tomó las cartas, las barajó y las repartió; jugaron así otra mano, que Cantinflas ganó.

—¡Ahora gané yo, chatos!

María y Cantinflas se miraban el uno al otro y reían entre sí, burlándose de la cara de desilusión de Martín. A él no le hizo gracia perder gran parte del dinero que ya había ganado, con esas dos últimas jugadas.

—¿De qué se ríen? —preguntó Martín.

—De nada —dijo Cantinflas—, ¡es que nos acordamos de un chiste!

—¿Y de qué va?, ¡cuéntenmelo!

—Es un chiste tonto —dijo la doña—. En el que el final es lo que menos importa —y rio.

—¡Sí! ¡El final es lo que menos importa! —dijo Cantinflas a carcajadas—. ¡¡¡Jajaja!!!

—Está bien —dijo Martín—. Sigamos jugando.

Martín ya no volvió a ganar en toda la tarde; de hecho, les empezó a pedir dinero prestado. Lo dejaron en bancarrota. Entonces Martín les dijo que quería pasar al baño, que lo esperasen un momento.

—¡Claro, Martín!, tómate tu tiempo —dijo la doña sin poder dejar de reír.

Martín se levantó. Una vez dentro del baño, desapareció y salió silenciosamente, caminó hasta la mesita donde había dejado los merengues, tomó un par en cada mano y se acercó a la doña y a Cantinflas sin que se dieran cuenta de que los merengues volaban, se los llevó pegaditos al piso, y ellos que no dejaban de reír.

—¡Qué ocurrencias las tuyas, María! ¡Con lo del chiste y con que el final es lo que menos importa, saliste muy bien librada!

—¡Sí, es verdad! —dijo la doña.

Martín, ya parado en medio de los dos y con los merengues detrás de ellos, contó hasta tres ¡y zas!, les dio con los merengues en la cara, sin que pudieran hacer nada. Ellos se levantaron rápidamente, sorprendidos.

—¡Pero qué! —dijo la doña.

Entonces Martín emitió una carcajada. Ellos no entendían lo que pasaba, volteaban la cabeza de un lado a otro. Martín tomó de nuevo otros merengues, y les volvió a dar otra vez con alegría en la cara, ¡zas! Sus manos llenas de merengue delataron su presencia. María le dijo a Cantinflas:

—¡Mira!, ¡es Martín! ¡Está ahí! ¡Ha desaparecido! ¡Martín, nos la pagarás!

En ese momento, María pudo ver que había unos botes de pinturas, estaban al lado de un caballete cerca de ella, y le dijo a Cantinflas:

—¡Mira, unas pinturas! ¡Por ellas!

Rápidamente las abrieron, y estaban frescas. Eran pinturas acrílicas, sin pensarlo se abalanzaron contra Martín y se las aventaron.

—¡Toma esto! —dijo Cantinflas.

—¡Y esto otro! —dijo la doña.

Inmediatamente el cuerpo de Martín empezó a tomar forma, ellos no dudaron en seguir embarrándolo de pintura, todos carcajeándose el uno del otro, mientras Martín seguía arrojándoles merengues, hasta que todo se terminó, porque ya no quedaba ni un merengue ni un solo bote de pintura. Quedaron hechos un desastre. Martín se materializó y les dijo:

—Así que se querían pasar de listos conmigo, ¿verdad?

—Perdona, Martín, la verdad es que no estamos acostumbrados a perder, ¡lo sentimos!

—No pasa nada —contestó Martín—, me he divertido como un niño.

—Nosotros también, gracias a ti. ¡Pero mírate! ¡Has quedado hecho una obra de arte! —le dijo Cantinflas.

—¡Sí!, gracias a ustedes, que son unos artistas.

Reían todos. La doña se acercó a Martín y le dio un beso en la mejilla con un merengue colgando de su cabello, no se lo había querido quitar, lo había dejado ahí como un premio en su vida.

La noche llegó. María vio que ya era la hora de la merienda. Se levantó de la mesa y comentó que buscaría algo para merendar, y se alejó. Sin percatarse, pasaron los minutos. Cantinflas miró el reloj y se dio cuenta de que había pasado ya una hora, y María no regresaba.

—María no ha regresado —comentó Cantinflas.

Martín le contestó que seguramente se habría quedado dormida. Pasaron unos minutos más, y María apareció de nuevo. Cuál sería la sorpresa de los dos: María, vestida de novia, llegó al salón con una bandeja en las manos. Ambos se quedaron asombrados ante la belleza de María con ese atuendo.

—Eres la mujer más bella del mundo —le dijo Martín

Ella sonrió, enseguida se acercó a la mesa y les dijo que serviría la merienda. Se sentaron a merendar chocolate con churros a las once de la noche; por cierto, tenían muy mala cara. Ya sentados ahí, Cantinflas comentó:

—¡Qué ricos están los churros!

A lo que María le contestó:

—No digas mentiras. Es la primera vez que me pongo a hacer churros. Están muy feos, lo siento.

Al terminar de merendar, Martín se dio cuenta de que ya era la hora de retirarse. Se levantó de la mesa y le dijo a Cantinflas que había sido un placer conocerlo. Cantinflas le respondió que el gusto era suyo, y se dieron un abrazo. A continuación, María lo tomó del brazo, y se fueron caminando hasta el jardín. Una vez ahí, tomados de la mano, se despidieron. María le dijo:

—Adiós, amor mío —y le dio un beso en la boca.

Martín, sin decir nada, se alejó un par de metros hacia atrás y se empezó a elevar, cuando de repente un rayo de luz bajó del cielo y lo cubrió. Después, salió volando, brillando, ya por sí mismo, rumbo a las pirámides del Sol y la Luna. Ya eran las doce menos cuarto de la noche. Toda la humanidad estaba esperando el momento.

Martín atravesó la Ciudad de México hasta llegar a la Pirámide del Sol y se quedó suspendido en la cima de esta, resplandeciente, emanando una luz intensa que se podía ver por todos lados. La gente gritaba como nunca. Los medios de comunicación de todo el mundo estaban ahí. La gente había llegado desde temprano. Muchos habían acampado desde que se había corrido la voz de que Martín se encontraría con Dios ahí en Teotihuacán, era un momento sin igual. Martín los saludó: "¡Hola, hermanos míos!". Todos callaron. Ya eran las once y cuarenta y seis de la noche. Martín empezó a bajar la pirámide volando rápido hasta llegar a las faldas de esta. Había un estrado que previamente habían ordenado poner los altos mandos. Todos al verlo cubierto de pintura no dijeron nada. En ese momento, todas las personas ahí se encontraron en estado de gracia, en una paz que no se había visto ni sentido nunca. Martín esperó tranquilo, cuando de repente Dios le habló:

—Martín, hijo mío, soy Dios, tu Padre.

Se produjo un silencio sepulcral.

En eso momento Dios vio bien a Martín y le comentó:

—¿Pero qué te ha pasado? ¡Estás lleno de pintura! Ya veo que te has estado divirtiendo.

—Sí, Padre, y mucho —contestó Martín.

—Me alegro por ti —dijo Dios.

—Pues ha llegado el día. Estoy muy emocionado por saber qué has decidido, cuál es tu plan de acción para salvar la Tierra.

—Sí, Padre —contestó Martín—. Ya tengo todo resuelto. He hecho lo que me has pedido. Ya tengo el plan de acción.

—¡Qué emoción! —dijo Dios—. Nada más hay algo que quiero decirte.

—Sí, Padre —le contestó—, dime.

—Hay algo que no te he contado aún.

—Dime, Padre, ¿qué es?

—Es mejor que lo leas tú mismo.

—¿Leer? —dijo Martín, intrigado.

En ese momento, bajó del cielo un hombre barrigón que vestía de rojo y tenía barba blanca y nariz regordeta, y llevaba un libro en la mano. Fue bajando poco a poco mientras soltaba unas carcajadas hasta llegar adonde estaba Martín. Este, el verlo, pudo reconocerlo y preguntó:

—¿Otra vez tú?

¿Quién más iba a ser sino Santa Claus, que lo miraba?

—Ahora te reconozco —dijo Martín—. Tú has estado en todos lados. Ya me acuerdo bien de ti.

Martín no tenía ni idea de quién era ese hombre hasta que en ese momento pudo entenderlo. Por momentos, tenía revelaciones cuando no entendía el porqué de las cosas. Martín, que miraba a Santa Claus, pudo ver finalmente que traía un libro en la mano, a lo que dijo:

—¡El libro! ¡Ya lo había olvidado! Pues ¿qué tan importante es?

Santa le dio el libro y le dijo:

—Ahora es cuando tienes que leerlo.

Martín lo tomó, y en ese momento Santa subió al cielo y desapareció riéndose. Martín se quedó ahí y miró el libro; era bastante grueso. Al observar la portada, pudo ver que era la Sagrada Biblia. Martín no sabía nada de esta. La verdad era que Dios se las había arreglado para que Martín no se enterara de ella. Al regresar en el tiempo, Dios lo había traído de nuevo como a un bebé en varios sentidos, y uno de estos era el hecho de no saber que existía la Biblia. Martín era ajeno a ella, así que, interesado en saber qué hacía tan especial ese libro, lo empezó a leer. Así, con el libro pegado a su frente, sin abrirlo, Martín leía la Biblia a gran velocidad. Al principio, se lo vio muy serio, pero esa seriedad fue cambiando. En un instante se lo empezó a ver alegre, después por un momento parecía confundido, segundos más tarde muy molesto, hasta que finalmente comenzó a llorar y después gritó:

—¡No!

Dejó el libro a un lado y se quedó ahí, suspirando, sin decir nada. La humanidad toda estaba callada. Nadie se atrevía ni a toser, hasta que Dios le habló de nuevo:

—Martín, hijo mío, no tengas miedo, que eso no te pasará a ti ni a nadie más.

Claro, se refería el sufrimiento de Jesús.

En ese momento, Martín sacó su computadora y con un tono furioso le dijo a Dios:

—Mira, Padre, lo que estás esperando: el plan de acción. Aquí lo tienes.

Hizo unos cuantos movimientos en la computadora y le dijo a Dios:

—¡Ya está! Ahora te enterarás de qué se trata.

Los medios transmitían el acontecimiento por toda la Tierra. Dios, que no entendía muy bien, se quedó callado tratando de comprender.

—¿Qué? —le preguntó Dios a Martín—. ¿Qué has hecho, hijo mío?

—Nada, Padre —respondió Martín—. Aquí está el plan de acción que me has pedido.

—Pero ¿qué es todo eso, que no entiendo bien? —indagó Dios.

—Nada. He hecho una encuesta, eso es todo.

Dios preguntó:

—¿Cómo? ¿Tu plan de acción para salvar al mundo es una encuesta?

—Sí, Padre. He hecho tres preguntas a la humanidad, y ¿sabes qué?

—No —respondió Dios.

—Que no seré yo quien tenga que salvar al mundo del todo. Esta vez, le he dado a la humanidad la oportunidad de elegir.

Dios, sin decir nada, se quedó ahí, como esperando más de Martín.

—Son tres las preguntas que les he hecho, con las cuales toda la humanidad ha estado de acuerdo, les ha parecido lo más correcto, bueno hasta los animales y los insectos, todo ser vivo lo ha estado, y ahora las sabrás. La primera es esta: ¿quién ha de salvar a la humanidad?

Martín tocó una tecla en su computadora, y la respuesta apareció en el cielo, con letras enormes y luminosas: "Has de ser Tú, Dios Todopoderoso, el que lo haga".

Dios no decía nada. Martín, entonces, le dijo la segunda pregunta:

—¿Cómo ha de ser la salvación de la Tierra?

Y la respuesta apareció de nuevo con letras gigantescas en el cielo: "No queremos más mesías. No queremos más plagas ni diluvios, ni hambrunas. Queremos un cambio feliz, sin efectos secundarios, porque ya hemos pagado por todo los que nos has culpado". Todos se quedaron callados. Dios, sorprendido, miraba a Martín, cómo lo confrontaba sin ningún temor. Entonces entendió cómo se podría haber sentido la humanidad por tanto tiempo, por todo el sufrimiento que había pasado, y se encogió de hombros, claro, sin que nadie lo viera.

—La tercera pregunta es personal, te la diré después —dijo Martín.

Pasaron unos segundos, y un estruendo se escuchó en toda la Tierra. La gente no decía nada; se miraban los unos a los otros asustados. En ese momento, la gente empezó a notar algo: todos los que padecían alguna enfermedad sanaron en segundos. Era algo increíble ver los rostros de los enfermos que sanaban, sus caras rebosantes y felices. Todos lo podían ver en cada rincón de la Tierra. En cuestión de minutos no había un solo enfermo en todo el planeta. Dios los había curado a todos, incluyendo a los animales, las plantas y los insectos. No había nadie triste, como si la tristeza, la envidia, los celos y la maldad, el rencor, el odio y la traición hubieran desaparecido de la faz de la Tierra. Por supuesto, nunca más volvería a haber una guerra en el mundo, ya no había motivos para pelear. En un futuro desaparecerían las cárceles, los hospitales y todo lo relacionado con las guerras, todos los sentimientos horrendos que alguna vez el hombre había sentido. Se perderían en la oscuridad de la nada. A continuación, el sol se empezó a apagar. La gente no creía lo que pasaba, no temía nada. Segundos después, se empezaron a ver a lo lejos cinco lunas que se acercaban a la Tierra a alta velocidad, hasta que quedaron perfectamente ubicadas, iluminando la Tierra como lo hace la luna llena que ya tenemos y que nos hipnotiza. Dios, rompiendo todas las leyes de la naturaleza, se disponía a brindar un espectáculo jamás visto antes. Imaginen la escena: la Tierra alumbrada por seis lunas llenas iluminadas de la nada. ¡Qué espectáculo! La gente, impactada pero tranquila, veía lo que sucedía. Todo esto coordinado perfectamente por los medios de comunicación de la Tierra, que transmitían lo que pasaba, en cada país, en cada punto del planeta; la gente veía aquello por medio de sus dispositivos informáticos, televisores y radio y con sus propios ojos. Toda la humanidad estaba de fiesta. Finalmente, todas las religiones dejaron a un lado sus diferencias y festejaron juntas ese momento. A continuación, la gente empezó a ver que se acercaban todos los planetas del Sistema Solar. Giraban alrededor de la Tierra a gran veocidad, muy cerca. Era impresionante ver cómo los planetas daban la vuelta a la Tierra, así, sin más. Después de un rato, los planetas se alejaron para regresar a su lugar. Pero enseguida Dios los regresó a todos de nuevo a su sitio, porque le había gustado mucho cómo se veían y decidió dejarlos por más tiempo. También en ese momento empezó a caer una lluvia de estrellas, superando cualquier juego pirotécnico, después de un rato, empezaron a aparecer aureolas boreales en todo el planeta. ¡Qué maravilla! Enseguida comenzaron a verse todos los fenómenos cósmicos conocidos y sin conocer agujeros negros, estrellas, cometas, nebulosas, la galaxia Andrómeda empezó a acercarse a la Tierra hasta quedar muy cerca de ella, como la luna, de tal manera que todos pudieran verla desplazarse, una y otra vez. Era un momento increíble, para ese entonces ya se había servido de cenar. Pues claro que se había pensado en esto y se dispuso de una cena para todos, se sirvió un gran banquete conformado por platos de todos los países. Había bebidas de diversas procedencias. Aquello estaba exquisito y era de la mejor calidad. Había música de los mejores compositores de la historia de la música. La comilona duró horas. Enmarcada por todos esos fenómenos espaciales, volaban ovnis impresionantes tripulados por extraterrestres, que vinieron a la Tierra para felicitar a la humanidad y festejar con ellos. Se podría decir que ese ha sido el verdadero postre de la cena, que nuestros vecinos cósmicos finalmente vinieran a saludarnos. La humanidad jamás había experimentado tanta felicidad, jamás como esa noche. La gente, en realidad, había experimentado nada más que el diez por ciento de toda la felicidad para la que había sido diseñada, pues esa noche pudo sentir el otro noventa por ciento. Después de horas de espectáculo, Dios le habló a Martín:

—Hijo mío.

—Sí, Padre —dijo Martín.

—¿Y cuál es la tercera pregunta?

En ese momento, todos callaron. Después de unos segundos, Martín le dijo a Dios:

—¿Podremos verte esta vez?

Se escuchó un suspiro, y Dios contestó:

—Sí, Martín. Sí, hijos míos. Cuando ven a un niño, ahí estoy Yo. Cuando ven a una madre embarazada ahí estoy Yo. Y aprovecho para comentar el tema del aborto, estoy seguro de que llegarán a un acuerdo. Cuando ven a la madre naturaleza, los animales, las plantas, el agua, los mares, el universo, ahí estoy Yo. En las artes, en la ciencia, ahí estoy Yo. En los alimentos, en las matemáticas, en la geometría, en todas las cosas buenas, ahí estoy Yo —dijo Dios, y, por último, agregó—: Quiero que quede claro que Yo soy todas las religiones y entiendo bien que debido a las culturas diversas ha habido en la Tierra diferentes dioses, y no pasa nada.

Sin saberlo, la humanidad había cambiado totalmente. Ya no había cabida en toda la Tierra para las fuerzas del mal, el diablo se había quedado completamente solo. Todos sus aliados poco a poco fueron enfermando. Dios y la humanidad no tuvieron piedad para con ellos, que murieron de tristeza y de dolor, sin ser perdonados. Era la primera vez que Dios no perdonaba a alguien, por tanta maldad durante tantos siglos, eso fue otro triunfo de la humanidad. El diablo tenía las horas contadas. Ya no había constancia de él en ningún lado en la Tierra, parecía que se hubiera autodestruido, como el cobarde de Hitler, del que por cierto se rumoreaba que en el fondo era homosexual, ya que estaba perdidamente enamorado del diablo y al parecer era correspondido. Pobrecillos de los dos. A pesar de que ahora todo había cambiado, si Dios los perdonara y les diera una oportunidad y los reviviera, su romance no tendría cabida en la Tierra. Nunca nadie los iba a respetar jamás, y aunque estuviéramos viviendo en esta nueva etapa de amor, sabiduría, tolerancia, respeto e inteligencia, no sería nada fácil para Hitler tratar de pasar desapercibido si finalmente Dios los perdonaba, ya que seguramente tendría que ingeniárselas para nunca ser reconocido, cosa que no sería ningún problema para el diablo, como todos ya lo sabemos, porque él es un experto en el disfraz. Hitler tendría que hacer un gran cambio, tratando de quedar bien con todos para que vieran que en el fondo era tradicional en cuanto al matrimonio entre hombre y mujer, pues seguramente intentaría casarse con el diablo, y no soportaría el hecho de ver las fotos de su boda por todos lados. Hitler no podría superar jamás su boda de hombre con hombre. Hitler estaba muy traumado, estaba enamorado profundamente del diablo, pero la idea de casarse con un hombre lo atormentaba. Por eso finalmente decidiría cambiar de sexo, ¡sí!, convertirse en una mujer, ponerse un gran busto, unas chichotas enormes, un traserote también y bueno, finalmente ser rubio, como siempre quiso ser, pero que no se atrevía a pintarse el pelo en vida, por el qué dirán. Ahora sí lo haría, sería una gran dama, rubia platino, muy bien dada, con un cuerpazo, el que siempre había soñado y que no había tenido en vida. Sería siempre recatada y muy buena, muy decente. Imaginemos cómo Hitler se vería vestido de novia esperando al diablo en el altar. Seguramente a Dios toda esta historia le parecería muy compleja, tendría que tener sus damas de honor. Dios tendría que revivir a Sadam Husein, Osama Bin Laden Gadafi y todos sus compañeros nazis, al doctor Josef Méngüele, a Stalin, a Mussolini y a tantos más, para hacerles una reasignación de sexo también a todos ellos a fin de que fueran sus damas de honor, de lazo, aros y demás; seguramente, Dios pensaría bien si eso sería justo o no. En fin, una nueva era comenzó en la Tierra. La raza humana completa finalmente había cambiado. Todos habían sanado. La fiesta galáctica duró un par de horas más, hasta que todo volvió a la normalidad.

Después de ese día, el mundo ya era otro, el que todos siempre habían soñado, y a pesar de que la gente todavía no había podido ver a Dios y nada más escuchaban su voz, lo agradecían como nunca. Parecía que eso siempre sería si como si Dios nos estuviera haciendo esperar por algún motivo, para ese momento, el día en el que finalmente podamos ver su rostro o lo que sea. Vernos cara a cara con Él, como cientos de veces lo hemos deseado, implorando respuestas al porqué de las cosas. Una respuesta a lo incomprendido. Finalmente, lo que siempre solemos ver cuando volteamos al cielo suplicando por su presencia es una nubecilla, un ave, la luna, algo por ahí. Después de todo, la gente siguió sin entender por qué tendrían que estar muerta para ver a Dios en persona. Y por qué en los tiempos recién pasados la gente tuvo que enfermar o accidentarse para morir, cuando bien podía hacer milagros para que esto no sucediera, y por qué Dios no se los llevaba así, sin más, como algunos afortunados lo hicieron, muriendo de repente, algunos hasta acostaditos en sus camas durmiendo, soñando felizmente, como pajaritos. Total, si ya los quería a su lado, por qué tenían que enfermar, sufrir, para estar con Él. Este sería unos de los enigmas de la vida, tal vez el más importante, y algunos consideraron que era el mal gusto de Dios. Como si el sentido de la vida fuera, a superar todos estos retos, enfermar y por si fuera poco sufrir todos los efectos secundarios que tienen los medicamentos, muchas veces peores que la misma enfermedad. Es cosa extraña que las farmacéuticas no reparen en esto, es sospechoso. Bueno, esto ya había quedado en el pasado, ya que todos habían sanado finalmente, de mente y corazón, pero no dejarían de pensar en ello, por el hecho de todos los seres queridos que habían perdido y por el sufrimiento que esto les había causado. Pues adiòs, medicamentos; adiós, efectos secundarios, ADIÓS, DOCTORES, ¡¡¡HASTA NUNCAAA!!! En fin, y pensar que algunas personas no creían en Dios… Pero después de todo lo sucedido en la Tierra los últimos siete días, la humanidad entera terminó por creer en Dios, de hecho, esto ha sido lo que más le ha gustado a Dios: que toda la raza humana finalmente creyera en Él, gracias a Martín, que sin sospecharlo lo hizo, aunque no estaba dentro de sus planes, pero lo consiguió, sorprendiendo aún más a Dios. Seguramente Dios tampoco lo esperaba, después de todo la idea era salvar al planeta y no que todos terminaran creyendo en Él. Todas les religiones se unieron entendiendo finalmente que Dios era uno solo. Esto tomó de sorpresa a Martín. Santa Claus se lo dijo segundos antes de desaparecer. Después de todo esto, el acontecimiento siguió. Martín subió a la cima de la Pirámide del Sol, se fue elevando. Una vez ahí, se quedó mirando a toda la gente, y todos lo miraban a él sin casi parpadear, enamorados de él. Estaba feliz. En ese momento, Dios le habló de nuevo:

—Martín, hijo mío, sí que me has impresionado. Muchas gracias. Me has hecho sentir más humano que nunca.

—De nada —contestó Martín.

—Ahora es el momento en que debes marcharte —le dijo Dios a Martín.

Entonces él le dijo:

—Adiós, Padre, no olvides que no he salvado la Tierra del todo. He dejado algunas cosas que hacer para ti, ahora es tu turno, no tardes más, te están esperando.

—Gracias —le contestó Dios—, lo haré.

Sin decir nada más, Martín decidió obedecer. Miró a todos, les habló:

—Ha sido un placer conocerlos. ¡Los llevaré en mi corazón por siempre! Estoy muy orgulloso de todos ustedes. Cuiden la Tierra y cuídense unos a otros, que el planeta es de todos. Disfrútenlo, vivan enamorados de él y de ustedes mismos, enamorados todos de nuestro Dios padre. ¡Los amo a todos! ¡¡Los amo!!

La gente le gritó:

—Te queremos, Martín. ¡Te queremos!

—¡Gracias!

Sus palabras se escucharon por toda la Tierra. En ese momento, una burbuja de luz bajó del cielo, se posó sobre Martín, y este salió disparado hacia el cielo. Ahí mismo, desapareció en el firmamento mexicano. La gente, que no cabía de felicidad, despidió a Martín llorando de alegría. En ese momento, Dios le habló a la humanidad. Todos callaron.

—Hijos míos, Yo también los amo a todos…

FIN

Índice

Editorial LibrosEnRed

LibrosEnRed es la Editorial Digital más completa en idioma español. Desde junio de 2000 trabajamos en la edición y venta de libros digitales e impresos bajo demanda.

Nuestra misión es facilitar a todos los autores la edición de sus obras y ofrecer a los lectores acceso rápido y económico a libros de todo tipo.

Editamos novelas, cuentos, poesías, tesis, investigaciones, manuales, monografías y toda variedad de contenidos. Brindamos la posibilidad de comercializar las obras desde Internet para millones de potenciales lectores. De este modo, intentamos fortalecer la difusión de los autores que escriben en español.

Ingrese a www.librosenred.com y conozca nuestro catálogo, compuesto por cientos de títulos clásicos y de autores contemporáneos.